Série

L'Œil du Diamant

Lias Art ©

Romans Fantasy

©

Série : L'Oeil du Diamant

Saga

La Saga des Jumeaux

~

La Rencontre du Destin

Écrit par :

Lios-Art

(Aka : L. Bourgeois)

Illustration de la couverture par l'Auteur

Série : L'Oeil du Diamant
Saga : La première Dragonnière :

Vision du Passé — Tome 1
3e édition Février 2021
L'Horizon — Tome 2
1re édition Avril 2021
Le Déploiement — Tome 3
1re édition Avril 2022
Écho de la Nuit — Tome 4
1re édition Janvier 2023.

Saga : La Saga Des Jumeaux :

La Prophétie — Tome 5
1re édition Août 2023
La Rencontre du Destin — Tome 6
1re édition Août 2025

www.Lios-art.com

Admin@lios-art.com

Première Édition : Août 2025

9 781998 905294

❧ *Dédicace* ❧

Je dédie ce sixième tome à vous, fans de la première heure comme des dernières, compagnons fidèles de cette aventure tortueuse à travers les méandres de l'imaginaire.

Un merci tout particulier à **Sil Socrate**, l'une de mes lectrices les plus dévouées, qui a brillamment assuré la bêta-lecture de ce volume charnière, marquant un tournant drastique dans la saga. Merci également pour ton incroyable soutien, notamment à travers la création du groupe de fans *de L'Œil du Diamant* sur Facebook — un véritable phare dans cette mer de fiction.

Remerciement spécial

Enfin, à ma femme : ton amour et ton soutien indéfectible sont ma plus grande force.
Je t'aime de tout mon être.

www.Lios-art.com

Admin@lios-art.com

Index

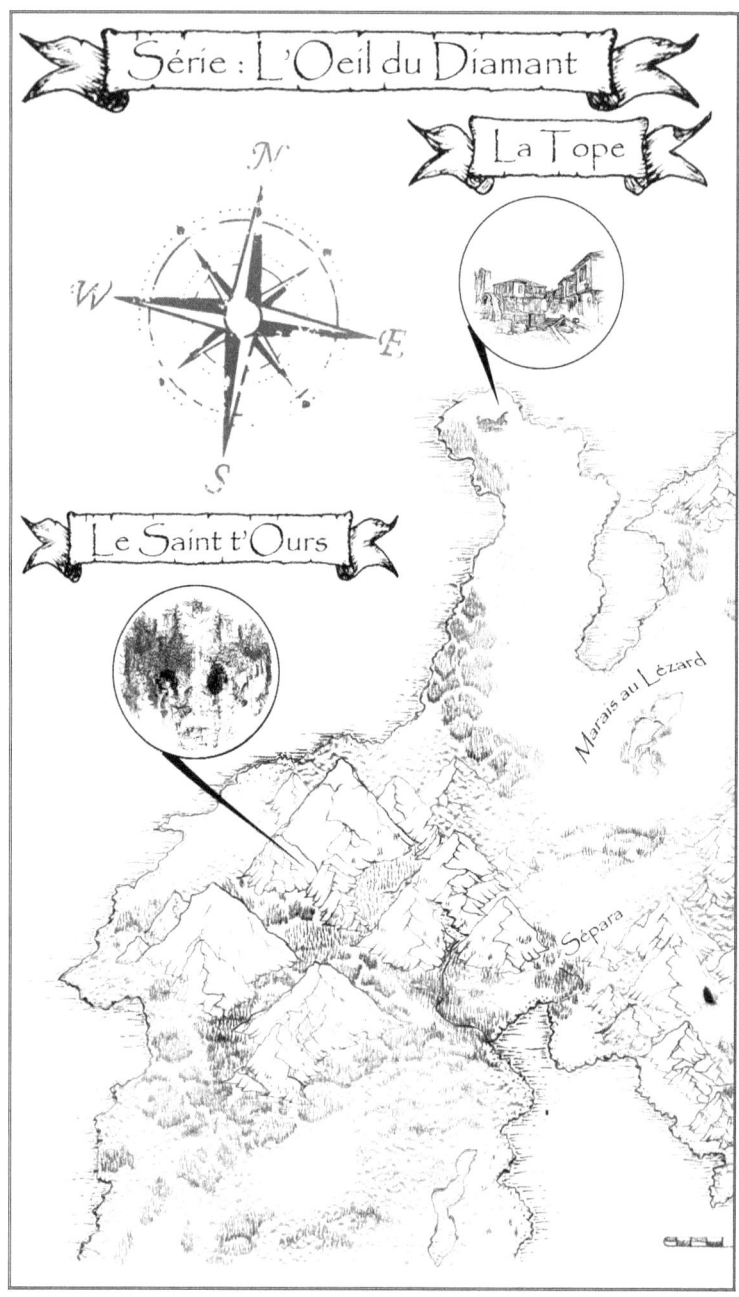

Série : L'Oeil du Diamant

La Tope

N

W   E

S

Le Saint t'Ours

Marais au Lézard

Sépara

8

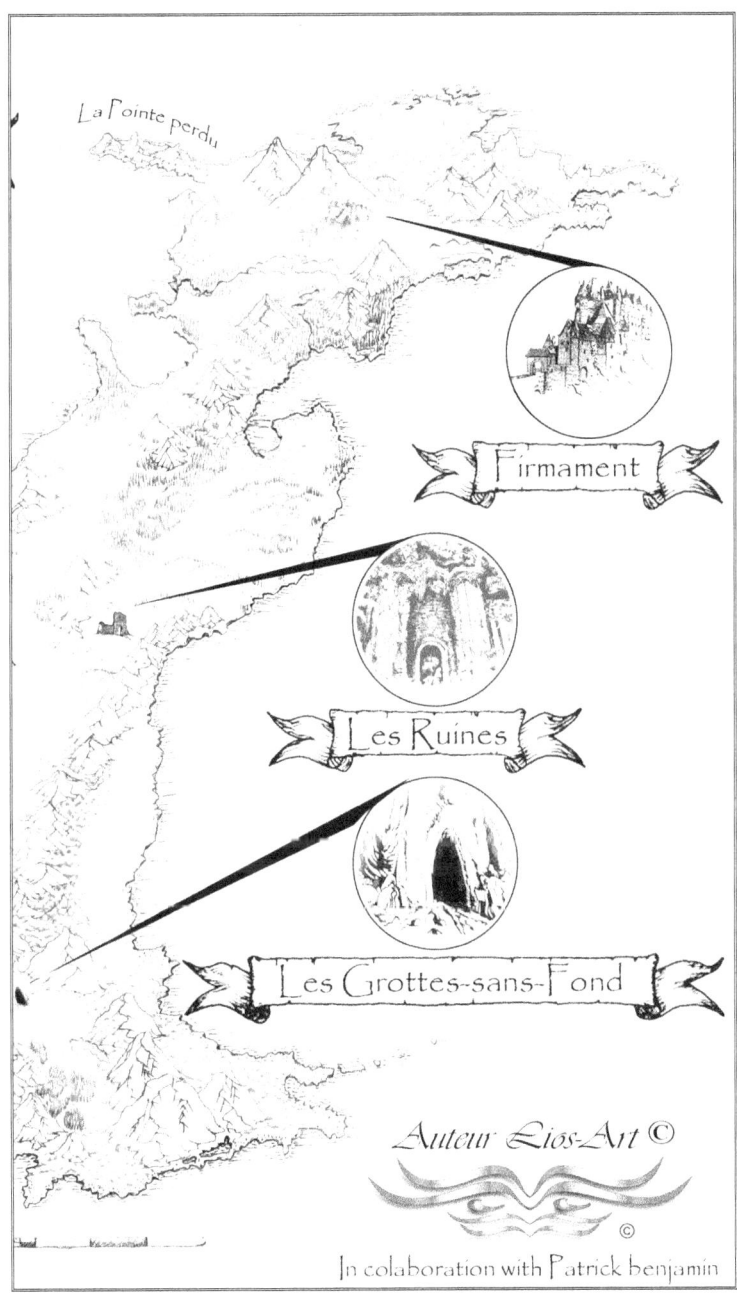

La Pointe perdu

Firmament

Les Ruines

Les Grottes-sans-Fond

Les Dernières Heures

Les mois passés dans le repère temporel des Vournirs de ce vieux bonhomme avaient inculqué à Firamire des connaissances magiques qu'il n'aurait jamais pu imaginer. Le jeune apprenti avait appris à ressusciter les morts, à chatouiller les araignées, et à faire en sorte que les chaussettes s'évaporent mystérieusement dès que quelqu'un essayait de les enfiler. Il était talentueux, c'est vrai, mais il utilisait son don avec autant de discernement qu'un écureuil en folie dans un verger de noix. Il avait tous des côtés humoristiques de son père avec une touche de délire inconsciente de son oncle. À croire que l'univers avait craché les caractéristiques les plus obtuses des deux personnages dans un crachoir, question de voir ce que ça donnerait.

Fléo Bleu ne s'ouvrait que rarement sur son passé, malgré ce que Firamire avait pu en entrevoir en voyageant à travers les souvenirs de ce monde parallèle. Le vieil homme, en dépit de son regard dur et distant, voyait en son neveu une version plus jeune de lui-même, tout aussi insouciante, tout aussi inconsciente des blessures que la vie pouvait infliger. Certes, Firamire avait déjà croisé les horreurs de la guerre, mais la fougue de sa jeunesse ne l'avait pas encore abandonné.

Quelques jours avant l'heure de son départ, Fléo Bleu avait entrepris de lui enseigner l'art ancien de la terre, une magie plus patiente, plus enracinée, où chaque geste devait peser son poids de silence.

C'est ainsi qu'il le trouva, ce matin-là, pétrissant une boule de glaise entre ses doigts, modelant la matière rugueuse avec une persévérance étrange.

Puis, lentement, il porta la main à son pouce, effleurant une bague massive aux reflets d'acier noirci. Le cercle était orné de fines gravures serpentines, comme des runes rongées par le temps, enroulées autour d'un rubis profond, presque noir, serti dans une griffe d'argent terni. En la manipulant avec soin, le joyau pivota d'un cran, révélant une minuscule aiguille, délicate, tel un cheveu d'ombre, à peine perceptible à l'œil nu. Il y posa son index sans hésiter.

Un frisson. Un clic. Une perle du liquide écarlate épaisse jaillit aussitôt, rouge noir contre l'argile pâle. Il laissa couler le fluide dans la terre, les paupières basses, concentré.

Firamire, fasciné, demanda : "Pourquoi du sang ?"

Fléo Bleu leva les yeux, son regard bleu glacé vibrant d'une intensité sourde. "Parce que le sang donne vie. Plus il y a de sang, plus il y a d'argile… plus le golem est grand… et fort."

Le Drumain, intrigué, s'accroupit près de lui. "Qui a fait le plus grand ?" demanda-t-il d'une intonation excitée.

Un silence pesant répondit d'abord. Puis Fléo Bleu reprit, sa voix devenant rauque, abîmée par des souvenirs trop lourds. "Mon père," murmura-t-il.

Il baissa la tête, sa main serrant la glaise tachée. "J'étais jeune… bien trop jeune pour comprendre. Il était acculé… ses hommes encerclés, il n'avait plus d'échappatoire. Alors, dans un dernier acte de folie, il a combiné deux sorts interdits."

Fléo Bleu parlait maintenant comme s'il revivait la scène.

Leurs dragons noirs, tout comme les Dragoniers à leurs côtés n'avaient aucune pitié. Ils étaient assoiffés de sang. Ceux qui ne portaient pas de heaume laissaient entrevoir une lueur de démence dans leurs yeux. L'un léchait l'hémoglobine encore tiède sur la lame qu'il tenait, savourant le goût du carnage. Un autre passait lentement le fil de sa hache sur son avant-bras, rasant les poils pour mieux en démontrer la finesse meurtrière. Même les dragons semblaient altérés, comme possédés par un envoûtement ancien. De l'écume souillait leurs babines, leurs naseaux frémissaient, laissant s'échapper une vapeur chaude et malsaine. Leurs muscles bandés, ils enfonçaient leurs griffes dans la terre, lacérant la surface comme s'ils cherchaient à éventrer le sol lui-même.

Je ne pouvais pas rester là comme un con, à rien faire. J'avais la rage dans le ventre. Je voulais leur faire payer, à ces fils de chiennes. Et peut-être, juste peut-être, que mon père verrait enfin que j'étais pas inutile. Que moi aussi, j'avais ma place!

Firamire aperçut le vieux nécromancien refermer sa main sur la glaise, le regard paralysé dans le vide. Comme s'il visualisait encore la scène, là, juste devant lui. Un souvenir encore à vif. Une colère jamais apaisée, tapie quelque part, toujours prête à mordre.

Puis Fléo Bleu continua son récit.

Je tournai la tête. À droite, un camarade que je connaissais à peine, figé, la gorge nouée par la peur. À gauche, un autre s'effondrait à genoux. Une plaie béante lui traversait le bras; le sang en coulait à flots. Son unique appui : un bouclier fiché dans la terre, comme une stèle funéraire.

C'est alors que mon père commença son invocation. Je me précipitai vers lui, pensant pouvoir l'aider. Je fouillai dans mes bourses à la recherche du moindre ingrédient : poudre, osselet, symbole… une idée. Ma main se posa sur son épaule, un acte instinctif, désespéré.

Il se tourna vers moi.

Ses yeux… révulsés. Son visage, tendu à l'extrême. Jamais je ne l'avais vu ainsi. Il faisait plus peur que les monstres qui nous cernaient.

Sans un mot, il me repoussa. Mais ce n'était pas un simple geste. C'était un choc brutal. Je fus projeté à une vingtaine de coudées, retombant violemment sur le dos, le souffle coupé. Quand je relevai la tête, il récitait déjà les formules. Des paroles que je n'oublierai jamais.

Le sol s'ouvrit à ses pieds, béant comme une blessure. Un effluve de soufre remonta de la faille, brûlant les narines.

Puis elle surgit.

Rampant hors de la brèche dans un bruit de frottement humide et de craquements chitineux, la créature déploya son corps segmenté — interminable, colossal, grotesque.

Un mille-pattes des Enfers.

Une abomination titanesque, aux pattes innombrables et effilées, longues comme des sabres de cristal damné, brillantes d'un éclat ténébreux et huileux.

Tous reculèrent d'instinct. Même les plus endurcis. Le silence s'abattit, oppressant. Uniquement les antennes de la bête frémissaient, palpant l'air. Elles émirent un son sec, métallique… un cliquetis rappelant celui d'un serpent-sonnette, mais mille fois amplifié.

Un Dragonnier noir, plus téméraire, ou plus fou, tenta une attaque. Il chargea avec un cri rageur, sa lame levée. Mais la créature esquiva avec une fluidité glaçante, presque élégante. D'un seul coup de pince, elle le trancha net en deux. Le haut de son corps retomba d'un côté, les jambes de l'autre. Un souffle collectif s'étrangla dans les gorges.

Mon père ne broncha pas. Il murmura son nom. Comme s'il l'avait déjà rencontrée, dans une autre vie, ou dans un rêve oublié.

La bête se tourna vers lui, et descendit lentement, ses pattes crissant sur la pierre.

Je crus qu'elle allait l'éventrer. Mais non. Elle s'immobilisa devant lui. Soumise. Prête à obéir.

Dans une langue ancienne, rugueuse comme des cendres avalées, il prononça ses ordres. Elle hocha la tête, ou ce qui en tenait lieu, un mouvement saccadé et sinistre. Tout semblait figé. Le monde retenait son souffle.

Puis... dans une fulgurance d'éclairs, elle pivota.

Je pensais qu'elle allait se jeter sur l'ennemi, ce colosse deux fois plus massif qu'un dragon, une monstruosité en chair.

Mais non. Elle se retourna... contre nous.

Contre notre propre camp.

Il lui avait ordonné d'éventrer une douzaine de ses propres soldats.

Et... lui-même.

Firamire blêmit, le regard vidé de toute compréhension.

Fléo Bleu, la gorge serrée, murmura : "Je l'ai vu… les pattes noires lui transpercer le ventre, remonter jusqu'à son œsophage… Et dans son dernier souffle, alors que ses entrailles tombaient au sol… il scella l'incantation."

"Le sang coulait, se mêlait à la glaise. Une boue pourpre, saturée de cris. Et dans ce mélange maudit, quelque chose prit forme. Le seul golem rouge à jamais marcher sur ce monde. Dix hommes de haut. Une gueule fendue par un hurlement venu des tripes de l'enfer.

Et moi…

Moi, je ne fis rien.

Juste… regarder.

Sauvé par un titan né d'un massacre."

Il arrêta son récit en prononçant les dernières paroles de son père, à quelques mots près, celles qui mirent fin à l'incantation. "Á ara, coita! Hrestale nó cemen!"

La petite boule de glaise se déforma aussitôt, comme un chat pris au piège dans un sac, jusqu'à embrasser l'aspect grotesque d'un homme obèse et musclé, titubant debout dans la paume du nécromancien.

"Tu vois, lorsque tu produis une créature de la sorte, assure-toi de t'écarter légèrement", expliqua Fléo Bleu d'un ton calme. "Elles n'ont pas encore acquis l'agilité du mouvement. Il leur faut quelques minutes d'adaptation à leur forme. Certains novices ont déjà perdu la vie, piétinés par leur propre réalisation."

À peine avait-il terminé que le petit golem se tordit de douleur avant d'exploser, projetant des éclats de glaise dans toutes les directions.

"Et si tu te trompes dans l'incantation d'une seule syllabe…" reprit-il en essuyant un morceau d'argile sur son épaule, "elles font *boom*. Ce qui est encore pire selon la dimension dans laquelle tu l'as façonnée."

Firamire se pinça les narines en grimaçant : une vague d'odeur fétide venait de lui rentrer dans la gueule comme un coup de masse. Ses yeux se mirent à pleurer malgré lui, son estomac se retournant.

"Par tous les astres… c'est quoi cette puanteur immonde ?!" grogna-t-il.

Fléo Bleu éclata d'un petit rire sec, presque attendri. "Ah, ça… c'est l'autre cadeau d'adieu d'un golem qui crève," expliqua-t-il, nonchalamment. "Le sang utilisé pour le façonner… il pourrit, il fermente sous la terre, comme un vieux cadavre oublié dans un marécage."

Il essuya ses mains pleines d'argile sur son pantalon sans même s'en soucier, l'air perdu dans ses souvenirs. "Ça me rappelle une bataille… On était faits comme des rats. Aucun espoir. Ton père, brillant connard qu'il était, me sort : "*Fabrique-moi une douzaine de sales bestioles, et balance-*

les-moi sur ces abrutis… Je te parie qu'ils ne verront même pas le coup venir!"

Un rictus fendit le visage buriné de Fléo Bleu, un mélange de fierté et de nostalgie malsaine.

"Et ?" demanda Firamire en inspirant à travers les dents, tentant d'éviter l'air puant.

"Et on les a lancés dans la mêlée. Les pauvres types d'en face n'ont pas compris ce qui leur tombait dessus… jusqu'à ce qu'on les fasse péter."

Fléo Bleu éclata d'un rire rauque, presque dément. "Le problème," poursuivit-il, en tapotant la tête de Firamire du bout de l'index, "c'est qu'on était trop près. Trop près pour esquiver les projectiles d'argile… et beaucoup trop près pour éviter de se faire éclabousser par la puanteur."

Il se pencha vers lui, chuchotant comme une confidence honteuse : "Ça nous a collés à la peau, à la gueule, aux fringues… Pendant une foutue semaine, on chlinguait la tripaille de golem pourrie. Même nos chiures empestaient la mort."

Retour au Bercail

Au cœur de la forêt, non loin de la berge, une brèche surnaturelle déchirait la fabrique même de l'espace-temps, créant une fissure dans l'obscurité d'une lueur sinistre. Des crânes de spectres, macabres et illuminés d'une aura glauque, encadraient une ouverture d'énergie comme des gardiens de l'au-delà. Leurs orbites éteintes projetaient des éclats violents, lointains de souffrance et d'agonie, semblables à des âmes condamnées à errer éternellement.

Des volutes d'énergie ténébreuse se déployaient depuis le portail, serpentant dans l'air comme des filaments d'ombre avides de s'échapper. Les traînées visqueuses renfermaient des murmures prisonniers du temps, des chuchotements indistincts résonnant dans la forêt, semblables aux lamentations d'asticots infernaux rampants à travers la chair putride, effleurant pour la première fois le goût malsain de la liberté.

La végétation environnante se tordait sous l'emprise du pouvoir sombre, manifestant une soumission terrifiée à la présence qui se matérialisait. Les arbres, témoins silencieux de l'émergence du portail, semblaient se replier sur eux-mêmes, comme s'ils redoutaient la puissance qui déformait la réalité à travers cette brèche endiablée.

L'atmosphère était oppressante. La lumière des crânes, loin d'apporter la clarté, projetait une lueur dérangeante, soulignant les contours d'une ouverture vers un passage interdit. C'était un spectacle rare, pratiquement mythique, où chaque détail contribuait à créer une scène d'horreur qui défiait la logique du monde naturel. Le portail semblait être une fenêtre vers l'abîme, apparu au milieu de nulle part.

Une première silhouette émergea de l'arche vibrante d'énergie, puis suivie d'une autre et d'une autre, jusqu'à ce que la dernière, tenant une relique entre les mains, fermait la marche et frappait de son bâton le sol.

La signature des ouvertures créées par une pierre de sang était un mélange énergétique entre le concepteur et l'utilisateur, étant toutes deux issues d'un seul et même personnage. L'incandescence macabre du célèbre nécromancien ne faisait aucun doute. Dans un hurlement étouffé, les visages de spectres qui ne s'étaient pas encore dissipés furent aspirés ainsi que le tourbillon de lumière qui formait le passage dans la relique de Fléo Bleu, ramenant la noirceur et le calme dans cette forêt.

Tamira reconnut immédiatement l'endroit, pour y avoir passé un bref instant dans les Vournirs en compagnie de son frère. Le griffon lâcha un cri contrarié, comme s'il accompagnait une petite pluie fine qui s'abattait sur eux.

"J'en ai bien peur", répondit Aile-d'or d'un ton tout aussi ennuyé.

"Qu'est-ce qu'il y a ?" demanda Miro à Aile-d'or, scrutant les environs avant de déclarer, "Nous ne sommes pas au Firmament ? Mais où sommes-nous ?"

Le griffon agita la tête en signe de négation. Puis Aile-d'or confirma, agacé : "Pas encore, on est chez ce vieux paquet d'os." Il pointa le quai non loin qui gisait sur l'eau, tel un cadavre à la dérive.

Un vent de soupir s'ensuivit parmi les voyageurs, à l'exception du nécromancien qui s'était déjà lancé dans le sentier pour sortir de la forêt. Les sphères turquoise qui s'étaient manifestées au même instant le devançaient de quelques pas. Tamira agrippa brusquement le bras de Feragil. "Mais il n'y a rien par là ! Rassure-moi, il ne vit pas chez les Peuples des Fonds marins, avec tous ses êtres visqueux ?"

Feragil la regarda d'un air peu rassurant, à peine visible dans la lueur de la lune, et répondit, "Encore pire !" En disant cela, un éclair fendit les cieux, éclairant tout sur son passage, annonçant les lamentations des nuages qui pleuraient de toutes leurs forces.

Bino recula d'un pas, les yeux rivés sur le bois flétri. "Bino, aime pas maison", grogna-t-elle, d'une voix basse et ferme.

Miro s'approcha et se posta à ses côtés, sans un mot. Puis, doucement, il ajouta, "Je vais attendre avec toi."

Note se libéra de sa prison métallique et se précipita, surexcité, à la poursuite de son deuxième perchoir préféré. À moitié caché sous le capuchon rabattu de Tamira, il se mit à pointer en direction de l'extrémité du quai en s'exclamant. "Note voit, la petite lueur à la fenêtre. Mais Note découvre aussi lueur verte magique prendre forme. Note se demande, qui c'est?"

Tamira n'apercevait rien au bout de ce quai malgré ses efforts en plissant les yeux. Elle regarda Noxys qui lui fit signe qu'elle ne repérait rien non plus.

Le vieillard se pencha, sa main crispée sur sa canne tandis que l'autre s'écrasait lourdement dans la boue froide. Ses doigts s'enfoncèrent avec un bruit humide, et d'entre la terre suinta une lumière bleutée, semblable au pus d'une plaie ouverte. Murmurant une incantation que même les arbres semblaient retenir leur souffle pour ne pas entendre, il ferma les yeux.

La lueur s'étira en filaments nerveux, battant comme des veines sous la peau malade du sol. À chaque pulsation, un frisson secouait la boue et les pierres, nouant une toile d'énergie blafarde qui rampait sous leurs pieds.

Aile-d'or, impassible, croisa les bras. Il avait déjà assisté à ce spectacle grotesque et n'en tirait plus ni surprise ni émerveillement, seulement une vague lassitude.

Soudain, l'extrémité du quai trembla, l'air se froissa comme un tissu trop tendu, et un mirage éclata dans un grésillement étouffé. Une maison de pierres noires émergea lentement, dégorgeant encore des lambeaux de magie visqueuse. Du toit jaillit une tour, crochue et hérissée, semblant gratter les nuages pour mieux lui planter un doigt d'honneur moqueur dans le menton.

Telle était l'intention de Fléo Bleu à chaque apparition, comme pour rappeler à l'univers l'époque où il maudissait le ciel, les dieux et tout ce qui osait le surplomber.

Tamira plissa les yeux, mais la pluie battante brouillait sa vision, transformant la scène en une aquarelle dégoulinante de ténèbres.

À travers les rideaux d'eau, une silhouette indistincte franchit le seuil de la tour. Son pas était lent, presque flottant, comme s'il arrachait ses bottes d'un sol collant de souvenirs.

Firamire émergea, son visage noyé dans l'ombre, tranchant à peine contre l'obscurité.

Chaque mouvement semblait étirer derrière lui un lambeau de brume sale, comme si la maison refusait de le laisser partir, agrippant ses épaules dans un dernier frémissement de pierres mouillées.

Un murmure parcourut le groupe, un soulagement brut, presque fébrile.

Tamira esquissa un sourire, prête à courir vers lui.

Fléo Bleu, lui, resta figé. Sous la capuche dégoulinante, ses yeux fouillèrent Firamire d'un regard aussi coupant qu'un couteau rouillé. Pas de cri. Pas d'étreinte.

Dans les Vournirs, il avait vu tant de Firamire grandir sous sa main, certains glorieux, d'autres brisés, d'autres pourris jusqu'à la moelle.

Et ici, sous cette pluie de vieille rancune, il ignorait encore lequel il avait devant lui.

Le jeune homme s'arrêta net, planté à quelques pas.

Fléo Bleu raffermit sa prise sur sa canne, prêt à riposter, déjà une formule acérée se formant en secret sur ses lèvres.

Firamire leva le poing d'un air tendu, presque menaçant.

Le vieux nécromancien, sans détourner les yeux, chuchota entre ses dents : "Faites attention…"

À la grande surprise de tous, au lieu d'une attaque, Firamire, désormais assez proche pour que son visage soit clairement visible, et trop près pour éviter la confrontation, esquissa un sourire.

Son majeur se dressa lentement, dans un geste franc et insolent : un doigt d'honneur, pur et assumé.

À cet instant, une image traversa Fléo Bleu sans prévenir. Ce n'était pas un simple souvenir. C'était le passé et le présent mêlés, le dernier moment partagé dans les Vournirs, juste avant que Firamire ne quitte ce temps hors du temps.

Vournirs, juste avant que Firamire quitte Fléo Bleu du passé

Fléo Bleu se figea.

Une vibration passa dans l'air, comme un frisson dans la moelle du monde. Un éclat bleuté grésilla entre les fissures des fenêtres. Une lumière vive et glaciale filtrait dans la pièce.

Il se redressa lentement, un soupir rauque dans la gorge. "Ça y est. Il approche."

Firamire, accroupi devant l'armoire du temps, se retourna. Il lisait déjà la tension sur le visage du vieux nécromancien. "Le toi du présent?"

"Exact. Et crois-moi, je n'ai pas envie de passer les prochaines décennies à trébucher sur ta merde." Il pointa le placard d'un doigt sec. "Tu t'es assuré d'avoir tout mis là-dedans? Il ne reste rien, hein? Pas un parchemin, pas une chaussette, pas même une foutue odeur de toi, *en dehors* du fourre-tout?"

Firamire leva les yeux au ciel. "Tout est rangé, juré. J'ai même vidé mes pensées, au cas où ça laisserait des traces." Incapable de résister, il lança une dernière parenthèse : "La seule chose que tu risques de retrouver, c'est des miettes d'ennui… après t'attaquer par surprise. Ou peut-être des rêves de fantasmes de toi, à la recherche de tes bas perdus."

Fléo Bleu grogna, mais son regard fixait déjà l'horizon temporel au-delà des murs. Autour de lui, les ombres dansaient doucement, elles savaient. Il partait. "Parfait. Tu pourras les récupérer à ton présent. Et pour moi, elles auront disparu d'ici là. C'est l'heure."

Firamire posa la main sur la poignée, prêt à franchir ce seuil suspendu entre deux plans.

Un pied dans le futur. Un souvenir dans le passé.

"Hey…" lança-t-il sans se retourner. "Quand je vais te retrouver, toi… enfin, l'autre toi… Faudra un signe. Un truc pour que tu saches que c'est bien moi."

Fléo Bleu tourna la tête, un rictus au coin des lèvres. "Rien de compliqué. Juste un truc assez cave pour que je sois sûr que c'est toi."

Firamire éclata de rire, leva le bras, tendit fièrement son majeur. "Comme ça, ça ira? Ça devrait te revenir, non?"

Un rire rauque lui répondit, celui de Fléo Bleu. "Parfait. File, avant que mon présent débarque. Et ferme cette foutue porte."

Firamire cligna de l'œil. "À dans quelques secondes, mon oncle."

Et il disparut.

Retour dans le présent

Ce geste… C'était le signe qu'ils s'étaient promis de faire, des années plus tôt. Avant que le temps et les souvenirs ne les séparent.

Fléo Bleu tourna les talons et s'adressa à Aile-d'or. "Tu peux aller au village chercher un messager pour prévenir Ducan de notre retour."

Sans attendre de réponse, il lança plus fort : "Bougez vos culs… Ici, c'est pas d'la pluie, c'est la rancune du ciel qui s'écrase sur nos gueules."

Feragil s'approcha de Fléo Bleu, l'air goguenard malgré le déluge qui dégoulinait sur son front. "Bon sang, qu'est-ce que t'as foutu avec ce jeune homme ? Ça se voit à trois lieues qu'il a passé trop de temps à traîner avec toi !"

Chapitre 1

Le Pouvoir sur les Morts

Le grondement lointain déchirait le voile de la nuit. À cet instant précis, la pluie débuta, d'abord timide, puis s'intensifia rapidement, frappant les fenêtres et dévalant les pierres comme une mélodie menaçante, annonçant la violence à venir.

Dans ses appartements, Ducan, le vieil homme aux traits burinés par les années de guerre, se redressa lentement. Son corps malade protestait, mais son regard, vif et aiguisé comme au premier jour, scrutait déjà l'horizon invisible derrière les murs.

Des pas lourds résonnèrent dans le couloir. Une silhouette massive se découpa dans l'embrasure : puissance brute incarnée, les yeux brillants d'un éclat animal, celui qui observe et jauge. Sans armure, la Mains-de-Fere avançait d'un pas mesuré, ses muscles jouant sous un pelage dense.

Fergrise, fille du célèbre Feragil, se mit au garde-à-vous.

Elle avait hérité de sa mère cette prestance sauvage : une fourrure gris clair, douce et fournie, créant autour de sa poitrine un collier naturel, presque noble. Mais son port altier, son regard aiguisé et sa discipline implacable ne laissaient aucun doute sur l'influence de son père.

À ses côtés, une arme rare : un cimeterre à double tranchant, composé de deux lames soudées dos à dos. Courbées avec grâce, elles formaient un croissant redoutable, capable de fendre chair et os d'un seul geste, que le mouvement soit lancé ou ramené. Elle avait jadis appartenu à Shina, l'une des pièces qui faisaient partie de sa garde-robe d'armure au pouvoir particulier. Elle ne l'avait jamais utilisée, infuser d'essence magique, on disait qu'elle pouvait couper le vent en deux. Baptisée la Marée Mortelle, elle fut offerte à Fergrise alors qu'elle n'était encore qu'une adolescente. Aujourd'hui, maniée avec une précision féline, elle semblait le prolongement même de son esprit : affûtée, équilibrée, implacable. On déclarait d'elle qu'elle possédait le silence de sa mère, et le coup d'œil qui avait fait tomber les murailles sous Feragil.

"Quelles sont les nouvelles ?" demanda Ducan sans détourner le regard.

"Nos remparts ont été percés à l'aile ouest, monsieur," répondit-elle d'une voix rauque. "Nous essuyons de lourdes pertes. Nos armes, tout juste bonnes à parer les assauts, ne semblent pas les atteindre réellement. Cet ennemi… il est insaisissable, comme s'il n'appartenait pas à ce monde. Ils sont en surnombre, et pire encore, certains se fondent entre eux, fusionnant pour former des entités plus massives, causant davantage de destructrices. Le feu les freine, mais l'effet est bref, presque dérisoire. Nous avons envoyé des messagers vers les contrées voisines, dans l'espoir d'obtenir l'aide de sorciers de la région. Sans soutien magique, je crains que notre ligne ne tienne pas jusqu'à l'aube. Les archers manquent de munitions. On sort des poteries improvisées."

Avalon, assis sur sa queue, les pattes croisées dans une posture de méditation peu orthodoxe pour un dragon, ouvrit lentement les yeux. Le fluide du passé coulait à nouveau dans ses veines. Il n'avait pas perdu la fibre, seulement l'insouciance juvénile de l'époque. L'heure était venue. Celle de ressortir les crocs, de raviver la flamme dans ses mâchoires, de retourner au combat… encore une fois. Mais surtout, de se battre aux côtés de son frère d'armes. Celui qu'il n'avait jamais cessé de veiller. Son âme sœur, pour toujours.

Sans un mot, Avalon étira ses membres avec une lenteur exagérée, comme un fauve réveillant ses instincts. Il ramassa d'une patte son ancien masque de guerre, un accessoire forgé spécialement pour ses traits dragonniques : une visière sombre et crénelée, conçue pour canaliser ses souffles, protéger son museau, et intimider jusqu'aux ombres. Il l'enfila d'un geste grave et cérémoniel, dans un silence chargé de décorum.

Puis, sans altérer sa prestance, il posa les yeux sur un miroir accroché au mur. Il étira le cou, comme s'il posait pour une peinture de prestige, et déclara d'un ton parfaitement

neutre : "J'ai encore autant de charme qu'au premier jour…
Faudrait juste repasser la gueule de l'inconnu desséché qui se
cache derrière."

Les pièces de son attirail semblèrent le reconnaître.
Au contact de ses écailles, leur teinte vira d'un argent terne à
un bleu profond, semblable à du métal brûlé, puis un givre
subtil se matérialisa à leur surface, dessinant des filaments
gelés tels des veines de mémoire. Avalon ferma les yeux un
instant, comme pour écouter ce qu'elles lui murmuraient
depuis les limbes de sa mémoire. Une voix glaciale et
familière sembla vibrer en lui : "Bonjour, vieil ami… nous
voilà réunis à nouveau." Cela faisait des lustres qu'il ne
s'était pas équipé ainsi. Trop longtemps, il avait mis de côté
cette facette de lui-même. Et pourtant, sous ses écailles aux
reflets ternis par l'âge, battait encore le cœur d'un prédateur.
Sa vieille blessure tira un instant sur ses flancs. Il grimaça,
mais ne broncha pas.

Ducan attrapa la lance de licorne, appuyée contre le
cadre de la fenêtre, en étouffant une quinte de toux rauque. Le
bois froid de l'arme lui sembla plus lourd qu'à l'habitude. Il
serra la hampe entre ses doigts osseux et leva un regard dur

vers Fergrise. "Allez mettre à l'abri toutes les femmes et tous les enfants dans le sous-bassement fortifié," ordonna-t-il entre deux souffles.

Il marqua une pause, puis ajouta, d'un ton plus creux : "Et toi, tu les accompagnes. Tu resteras en retrait. Ton rôle est de les protéger."

Ses yeux se plissèrent légèrement, et sa voix se fit plus grave, presque paternelle. "Je ne voudrais pas qu'il t'arrive quoi que ce soit… pas pendant que ton père est parti."

Fergrise voulut s'opposer, les lèvres entrouvertes, mais l'expression d'Avalon la coupa net. Le dragon venait d'ouvrir grand les yeux en signe d'avertissement, tout en ajustant lentement l'un de ses vambraces d'un air calculé.

Fergrise hésita. Un reniflement méprisant s'échappa, vite couvert par un grincement familier.

La porte s'ouvrit de nouveau, pivota doucement comme pour annoncer l'arrivée d'une vieille habitude. Puis : Fiona entra, enveloppée dans son éternel tablier poussiéreux.

Avalon tourna légèrement la tête, sa voix grave résonnant : "T'as perdu l'instinct de survie, ou quoi? C'est pas ta place ici."

D'un regard qui aurait pu empaler un troll, Fiona lui lança : "Sache, jeune œuf, qu'à mon âge, il n'y a plus rien à mettre à l'abri… ni à exhiber d'ailleurs."

Ducan esquissa un sourire en coin, amusé. Il savait très bien que, malgré son apparence fripée, Fiona était bien plus jeune qu'elle ne le laissait croire. Mais personne n'osait contredire cette vieille harpie du domaine. Il la fixa, curieux de connaître la véritable raison de son intrusion.

Fiona, bousculant Fergrise sur son passage, entra d'un pas décidé. Ses yeux brillaient d'une impatience farouche. Elle s'éclaircit la gorge et annonça, d'une voix ferme : "Nous venons d'apprendre par messager que votre fille a retrouvé votre garçon. Ils sont en chemin depuis La Tope. Ils devraient arriver dans le courant de la nuit."

Un éclat de soulagement traversa furtivement le regard de Ducan. "Croyez-vous qu'ils soient au courant de ce qui se passe ici ?" demanda-t-il, peinant à dissimuler la joie du retour de ses enfants.

Avalon, toujours assis, redressa sa haute silhouette. Son vieil haume étincela sous la lumière blafarde. "Je doute que quiconque dans les alentours ait été averti de cette attaque-surprise," grogna-t-il.

Fiona confirma d'un signe de tête, son visage buriné par la fatigue. "Je partage cet avis. Le messager lui-même a eu du mal à franchir les lignes. Cependant, ils seraient accompagnés de Fléo Bleu."

Un éclat d'intérêt traversa les prunelles d'Avalon. "Voilà qui est une bonne nouvelle dans de telles circonstances," répliqua-t-il, en caressant pensivement sa barbiche.

"Effectivement, des renforts inespérés," conclut Ducan dans un soupir, ses doigts crispés sur le bois poli de sa lance.

Un autre garde déboula, à bout de souffle, les bottes martelant le sol détrempé. "Monsieur," lança-t-il sans aucune mesure.

Ducan tourna son regard hérité. "Quoi donc ?"

Le jeune soldat déglutit, essuyant d'un revers de manche la pluie qui ruisselait sur son front. "Nos premiers rapports révèlent que… ces choses, quelles qu'elles soient, ne meurent pas. Elles s'attaquent au domaine par vagues successives. Nous parvenons à les repousser brièvement avant qu'elles ne s'abattent à nouveau, tel un raz-de-marée… un véritable tsunami."

"Merci, Mantaro. Mais on était déjà au fait. Retourne maintenant à ton poste." Ducan sentit son cœur se serrer en voyant la jeunesse du soldat. C'était son baptême du feu, et le combat s'annonçait inégal : combien de leurs camarades étaient partis dans la fleur de l'âge sans jamais revenir ?

Mantaro reprit son souffle, les yeux écarquillés d'angoisse. "Mais… Nous serons bientôt submergés. Séréna m'a transmis de vous signaler que la seule chose qui nous protège encore, c'est la frontière magique ancestrale. Mais on ne sait pas si elle va tenir." La peur suintait de son regard, palpable comme la pestilence d'une belle puante qu'on aurait écrasée sans faire exprès.

Avalon pouvait sentir Ducan figer dans ses souvenirs, sous le poids de leur vécu. Il ne dit rien. Il n'avait pas besoin. Entre eux, le silence valait des mots. Une vibration discrète parcourut les écailles du dragon, comme un souffle d'encouragement. Ducan cligna des yeux, ravalant ses fantômes. Le présent l'appelait.

"Mantaro, retourne à ton poste avant que la peur te cloue au sol. Quant à toi, Fergrise, tu as tes ordres."

Le Dragonnier quitta la pièce à la hâte, sans discours, sans un regard. Toute forme de politesse balayée par la tension.

"Oui, Ducan," répondit la Mains-de-Fere avant de partir à la suite de son frère d'armes.

Ducan se tourna alors vers la vieille servante : "Fiona, tant qu'à être là, donne-moi un coup de main pour revêtir mon armure."

Fiona se mit aussitôt à protester : "Mais, Ducan, dans votre état, ce n'est pas raisonnable !"

Pour l'une des rares fois, Ducan la menaça du regard, accompagné d'un geste de *Silentat*, imposant un respect sans équivoque. Fiona s'apprêta à répliquer encore plus vivement, mais elle se ravisa, sans grande surprise, en entendant Avalon toussoter volontairement, la fixant du coin de l'œil d'un air lourd de sens. Il était clair qu'il lui déconseillait fortement de pousser davantage sa chance. En temps normal, Ducan aurait pris ses protestations et son tempérament avec un grain de sel. Mais ici, maintenant, dans ces circonstances, il n'était plus le Ducan aimable et bienveillant, si bien connu du domaine. Il revêtait son ancienne carapace, celle du combattant, celle qu'il avait soigneusement rangée au fond de son être pour devenir le père aimant. C'était cette même armure invisible qui, jadis, l'avait protégé des cicatrices silencieuses de l'affrontement ; celle qui l'avait vu, maintes et maintes fois, guider des armées entières vers la victoire. Elle ne l'avait jamais véritablement quitté, tapie dans l'ombre de son âme ; il avait simplement trouvé le moyen de cohabiter avec elle, de faire une fragile paix avec cette deuxième personnalité.

Le guerrier impitoyable.

Celui qui avait forgé sa légende.

Chapitre 2

Le Messager du Mort

La porte s'ouvrit d'un coup, soufflée par le vent.

À l'intérieur, les taverniers et les clients tournèrent la tête pour voir qui entrait.

Leur expression changea du tout au tout.

"C'est toi qui l'as ramené ici, pas vrai ?" lança une voix tendue. Un petit homme surgit de derrière une table, le doigt accusateur pointé vers Aile-d'or. "C'est toi ! C'est toi qui l'as ramené ici, hein ?!" Il trépignait, presque hystérique. "Allez, réponds, enfoiré ! T'as ramené le Mort !"

Aile-d'Or, déconcerté, leva un sourcil. "De quoi tu parles ?"

Un client siffla entre ses dents. "T'as pas vu dehors ? Il tombe des cordes. C'est pas normal. Chaque fois qu'il est là, le ciel nous tombe sur la tête."

Le petit homme, cherchant à paraître menaçant, tapa du bout des doigts contre la hanche d'Aile-d'or, forçant ses yeux rageurs à le fixer. "On avait enfin la paix ! Les affaires repartaient... Et toi, tu nous le ramènes !"

Derrière lui, un autre client, le visage à moitié dissimulé sous une capuche, cracha à voix basse, la haine dans le ton. "On était tranquilles... et ce connard débarque avec son oiseau de malheur. Ce foutu porte-poisse."

Sans prévenir, Aile-d'or le saisit au collet. Le nabot se mit à gesticuler comme un insecte pris dans une toile, frappant son bras de ses petites mains inutiles, battant dans le vide ses jambes de pantin mal ficelé.

Un mouvement d'indignation parcourut la salle.

Le jumeau, jusqu'ici muet, leva enfin les yeux. Il déposa son gobelet avec soin, se redressa de toute sa hauteur et parla d'un ton si neutre qu'il en glaçait l'air "Je t'ai laissé entrer. Je t'ai laissé respirer ici. Maintenant, relâche mon frangin."

À ce moment-là, le griffon, resté de l'autre côté de la porte, passa la tête dans l'encadrement et poussa un cri rauque. Un grondement qui fit reculer d'un bond la plupart des clients, sauf le colosse, imperturbable.

Le regard d'Aile-d'or se durcit. "J'ai un marché à te proposer."

Des murmures montèrent dans la taverne.

"Quoi, tu vas le tuer ?"

"Même pas sûr que ce soit possible !" ricana un tiers.

Aile-d'Or parla plus fort, couvrant l'agitation. Il laissa planer un silence. On entendait juste la pluie marteler le toit.

"Trouvez-moi un messager. Un qui part immédiatement pour le Firmament Astral. C'est urgent." Il resserra sa poigne, le tissu se crispant contre la gorge du petit barman. "En échange, je vous garantis que le Mort aura déguerpi avant la fin de la nuit. Tu valides? Cligne des yeux. Une seule fois, j'suis pas patient. "

Ses paupières battirent plus vite que ses jambes avant qu'il ne soit relâché. Le Drumain s'écrasa au sol, crachant sa rage sans oser lever le menton. "Espèce d'enfoiré… Si j'avais encore ma jeunesse, je t'aurais plié en deux. À coups de boule dans les burnes! T'aurais moins fait le malin…"

Aile-d'Or recula d'un pas, croisant les bras. Il observa le bonhomme se redresser sur ses jambes chancelantes, époussetant ses genoux avant d'ajuster correctement son tablier. "Tu n'as pas bientôt fini? Dans combien de temps tu peux l'avoir ici? J'suis pressé."

"Et toi… pour combien de temps tu nous débarrasses ce mort?"

Il sourit sans joie. "Ça, je peux rien promettre. C'est à prendre ou à laisser."

Le barman regarda son jumeau, qui se rassit comme si rien ne s'était passé, empoignant un nouveau gobelet et se remit à l'essuyer. Puis, méfiant, il lança une œillade de côté à Aile-d'or. "Tu me garantis qu'avant le coucher du soleil, on reverra la couleur du ciel ?"

Aile-d'Or lui répondit d'un simple hochement de tête.

"Alors, vire-moi cette sale bête de ma taverne, et on a un deal."

Sans avoir à parler, le griffon recula de l'entrée et alla s'allonger sur le porche. Le petit homme fit signe à l'un des clients assis au bar. L'individu s'accroupit, et après un rapide chuchotement à son oreille, il sortit à la hâte sous le déluge.

Le tenancier se retourna vers Aile-d'or avec un demi-sourire. "Et je présume que tu vas vouloir de quoi te rincer le gosier en attendant ?"

Aile-d'Or récupéra sa consommation sans un mot, alla s'installer dans un coin sombre du comptoir. Il sirota sa boisson lentement, les yeux observant la salle sans jamais vraiment se poser sur un visage.

Le patron s'approcha, tendit la main, les doigts impatients. "Vingt-cinq Draglions."

Aile-d'Or le regarda d'un air mécontent. "Si mon souvenir est bon, la dernière fois, ça m'avait coûté quinze pour deux verres de ta pisse chaude."

Le barman haussa les épaules, imperturbable. "C'est l'inflation. Abats l'oseille ou bois la tienne."

Un ricanement discret s'échappa d'un coin de la pièce, puis le silence retomba. L'atmosphère, elle, ne revint pas. Seuls les bruits de la pluie battante contre le toit et le crépitement du feu dans la cheminée brisaient le mutisme ambiant.

Les clients chuchotaient à voix basse, jetant des regards furtifs à l'intrus qui venait de s'installer dans leur refuge. Il y avait quelque chose d'anormal dans sa façon d'occuper l'espace, trop calme. Une présence inattendue qui dérangeait l'équilibre du lieu.

Le petit barman surgit à nouveau à l'improviste, comme s'il sortait d'un trou entre les planches, un cabaret entre les mains, chargé de nouvelles consommations. Il dépassa Aile-d'or sans un mot, pour aller servir un client non loin.

Après avoir déposé les bocks, il se redressa et lança, d'un ton assez fort pour que toute la salle l'entende : "Ça va te faire douze Draglions."

Aile-d'Or manqua de s'étouffer avec sa gorgée. Il se tourna brusquement sur son tabouret, mitraillant du regard le petit fourvoyeux de ce trou perdu. Ce dernier lui répondit avec un grand sourire avant de disparaitre tranquillement dans le couloir des tables.

L'attention d'Aile-d'or se porta ensuite vers la table des quatre individus crasseux, tassés dans le coin. L'un d'eux, se sentant observé et bien trop petit dans ses culottes, hésita une seconde avant de bredouiller : "Qu'est-ce que tu veux que j'te dise… On doit être des privilégiés du patelin."

Aile-d'Or grogna en guise de réponse, puis retourna à sa chope de breuvage.

Le client près de la cheminée, un homme d'âge mûr, leva la tête un instant, et ses lèvres se retroussèrent en un rictus presque imperceptible. Il n'avait pas à parler pour que ses intentions soient claires. Le corps tendu, il fixa Aile-d'or, comme un animal qui scrute un intrus. D'autres suivaient son exemple, leurs yeux se détournant rapidement chaque fois qu'Aile-d'or croisait leur regard. Le malaise était palpable, aussi dense que la brume qui recouvrait les rues extérieures.

Soudain, la porte de la taverne s'ouvrit, claquant contre le mur avec un bruit sec. Aile-d'or ne leva pas le nez de son verre pour voir qui venait d'entrer.

Le petit barman grimpa sur un tabouret, tendit le bras et désigna Aile-d'or du doigt.

"Hé, c'est toi qui cherches un messager ?" demanda une voix jeune, derrière lui.

Aile-d'or reposa sa consommation sur le comptoir avant de se retourner lentement. Il fronça les sourcils en visant du regard le barman toujours juché sur son perchoir, puis lâcha d'un ton sec : "T'aurais pas pu trouver plus jeune ? Pourquoi pas un encore accroché aux mamelles de sa mère, tant qu'à faire."

"Hé ho ! Je suis là, vieux schnock !" rétorqua le messager en s'avançant d'un pas assuré. "Tu sauras que je fais ça depuis bien avant d'avoir du poil au cul. Et tu rencontreras pas plus rapide que moi et mon fidèle compagnon."

Aile-d'or l'examina de la tête aux pieds et se dit. "Et je parierais qu'il n'en a toujours pas."

Le gamin était maigre comme un roseau, mais ses muscles nerveux sous ses vêtements détrempés trahissaient une habitude à l'effort. Une vieille veste de cuir râpée pendait sur ses épaules, marquée de taches et de coutures grossières.

Ses bottes, craquelées par les intempéries, éclaboussaient le sol d'eau sale à chaque pas. Un foulard mité lui couvrait le cou, et malgré son âge, une cicatrice lui barrait la mâchoire, souvenir d'un métier qui ne pardonnait pas l'erreur.

Aile-d'or arqua un sourcil, le ton sceptique : "Et tu voyages à dos de papillon, p'tit gars ?"

Sans se démonter, le jeune esquissa un sourire en coin. "Non, mais on nous a trouvé un vieux mariolle." lança-t-il du tic au tac, sans la moindre hésitation ni ciller. Quelques clients le dévisagèrent, interloqués, tandis qu'il levait la main dans un geste vif.

Son corps se brouilla, se dissout dans l'air, telle une illusion qui vacille… jusqu'à devenir presque invisible. "T'as déjà entendu parler des Racleterre ?" susurra-t-il, sa voix dérivant dans la pièce comme un souffle insaisissable.

Aile-d'or haussa légèrement les sourcils, les bras croisés. "On raconte qu'ils sont rapides… difficiles à suivre…" admit-il à contrecœur en plissant les yeux, cherchant la moindre trace du gamin. "Mais tu serais bien le premier que je croise en chair et en os… et lorsqu'on voit ton petit tour de passe-passe, on comprend tout de suite pourquoi. Ton parfum de gadoue t'offre aussi un sacré camouflage, faut le reconnaître."

Le môme réapparut, un sourire narquois collé au visage, l'air de dire "essaie donc de me suivre, vieux croulant."

Son compagnon se manifesta à sa suite, émergeant comme un fantôme de brume.

Aile-d'or avait depuis un instant capté quelque chose d'étrange, une présence diffuse qui lui échappait; il tourna lentement la tête et vit pour la première fois la créature cachée dans la pénombre.

Le Racleterre s'immobilisa à côté du jeune, dans un silence étonnant pour une bête de cette taille. Malgré son âge aussi tendre que celui de son cavalier, ses yeux enfoncés, protégés par une lourde arcade osseuse, portaient la fatigue d'un vétéran. Il observait la salle avec cette méfiance brute de ceux pour qui seule la présence de leur maître mérite confiance. Trapue, large d'épaules, courte sur pattes, bardée d'une cuirasse d'écailles mates, marbrées de brun, de gris et de vert sale, la créature paraissait absorbée par les ombres de la taverne. Sa gueule aplatie, quelque part entre le buffle et la tortue, restait immobile. De la taille d'un gros bœuf, mais si basse qu'il semblait s'accrocher au plancher, le Racleterre avançait sur ses vastes pattes griffues sans faire grincer la moindre latte de bois.

On racontait que, lancé à toute allure sur un sol meublé, il laissait derrière lui un écho de frottement lourd, racle, racle, racle, une signature sonore devenue son nom. Mais il savait aussi canaliser ses mouvements, étouffer le moindre bruit quand il le fallait. Et ce soir-là, sous les regards des clients de la taverne, il n'était qu'une masse muette.

Le jeune tapota la cuirasse du monstre avec fierté. "Alors ?" lança-t-il, défiant. "Tu me fourgues ton foutu message et l'endroit où je dois aller… ou tu comptes m'accompagner jusqu'à l'autre bout du monde pour être sûr que je ne me perde pas ?"

Il donna un petit coup de menton en direction de son partenaire. "Lui, c'est Museau. Le plus teigneux racleur de boue que t'auras jamais vu." Museau émit un grondement sourd, remuant sa queue courte d'un air agacé, comme s'il avait déjà hâte d'être sur son chemin.

Le jeune éclata d'un rire sec, balançant son foulard sur l'épaule. "Rapides comme la mort, vieux." Il se présenta avec un sourire narquois. "Kael. Cavalier du Racleterre. On m'appelle "L'âme des Marais", vieux. Et pour le prix, j'prends moitié avant, le reste à l'arrivée. Dis-moi, je dois me rendre où?"

Aile-d'Or apposa lentement ses doigts sur une bourse à moitié pleine de Draglions, la déposant sur le comptoir. "Au Firmament Astral."

Kael échangea un regard complice avec le plus petit des jumeaux, qui lui fit un signe pour gonfler le tarif. Puis, tendant la main avec insolence, il lança : "Ça va être cent vingt-cinq Draglions pour toi."

Aile-d'Or tourna la tête vers le barman, scrutant son visage avec suspicion, devinant la supercherie. Pourtant, il ne contesta pas le prix. Il balança alors la bourse à moitié pleine de pièces. "Cent cinquante Draglions. Ça devrait te payer ton aller-retour. Dépense pas tout sur des amuse-gueule."

Kael fit rebondir la bourse de cuir dans sa main. "Je crois que le compte y est. Quel est ton message?"

Aile-d'Or lui présenta un mince parchemin roulé et scellé d'un sceau de cire.

Dehors, un coup de tonnerre fit vibrer les murs. Le Racleterre grogna sourdement, tournant la tête vers la porte.

Aile-d'Or suivit son regard, puis soupira, attrapa son manteau et répliqua d'un ton las : "Alors, bouge ton cul, p'tit. Le Firmament n'attend pas."

Chapitre 3

La Chair de l'Acier

Ducan ouvrit lentement les grandes portes de la chambre scellée. Sur un présentoir de pierre noire, chaque pièce de son armature reposait, intacte, presque vibrante d'une patience millénaire. Forgée dans le même métal légendaire que celle de son épouse disparue, elle brillait doucement, comme baignée d'une lumière propre.

Il resta figé. Depuis le jour où il l'avait rangé après les funérailles, il n'avait jamais eu le cœur de revenir ici. Et pourtant, l'armure semblait l'avoir attendu, fidèle et silencieuse.

Fiona s'approcha. Sans un mot, elle prit le premier morceau : la cuirasse, lourde et glacée. Elle aida Ducan à l'enfiler. Puis vinrent les autres. Une à une, les plaques d'acier retrouvèrent leur place : les jambières, les spallières, les brassards, la ceinture, les gantelets. Chaque élément paraissait lié à son propriétaire, comme s'ils n'avaient jamais été séparés. Bientôt, il ne restait plus qu'une seule pièce. Le casque.

Déposé à l'écart sur son socle, baigné d'une lumière froide.

Ducan s'avança.

Il tendit la main, mais avant de le saisir, il murmura d'une voix rauque, pleine de tristesse et de fierté : "Bonjour, mon vieil ami... Cela faisait si longtemps... Nous voilà réunis pour une dernière sortie."

Un souvenir remonta, vif comme le souffle brûlant d'un fourneau.

Ce jour-là, il travaillait d'arrache-pied à la forge. La sueur coulait sur son torse comme une rivière en colère, trempant sa ceinture, brouillant sa vue. Il martelait encore et encore, frustré. Le métal refusait de prendre. L'ingrédient spécial, celui-là même qui fusionnait si aisément pour les armures de Shina, rejetait sa volonté. "Encore quelques coups de marteau… et j'arrête pour aujourd'hui", grogna-t-il en s'essuyant le front. Peine perdue. Le sel lui brûlait les yeux. Tout était flou.

Puis, une brise fraîche passa dans l'atelier. La porte venait de s'ouvrir. "Elle est en avance ce soir", murmura-t-il avec un sourire épuisé. "Bonjour, mon amour."

Mais ce ne fut pas la voix de Sérèna qui répondit. "Bonjour, Ducan. Ravis de voir que je t'ai manqué à ce point. Mais je doute que ta femme apprécie une telle intimité."

Feragil se tenait là, un panier tressé et sanglé sur son dos, les bottes pleines de saleté.

Ducan éclata d'un rire bref. "Je t'ai pris pour Shina. Elle ne devrait plus tarder à arriver et à me forcer à lâcher l'enclume. Alors, ce voyage au Nord?"

"Blanc. Neige, glace, et encore plus de glace. Des montagnes entières marbrées de froid. Rien que le silence et le vent."

"Et ce que tu recherchais?"

Feragil allait répondre, mais le panier dans son dos s'agita brutalement. Un soubresaut nerveux.

Ducan plissa les yeux. "Tu étais si pressé de me voir que t'as pas pris le temps de déposer ton barda?"

Feragil, l'air troublé, haussa les épaules. "Je n'ai pas trouvé ce que je cherchais. Mais j'ai repéré autre chose… quelque chose d'encore plus rare."

Il défit les sangles du paquet. Le panier vibrait comme s'il contenait une flamme vivante. Quand le couvercle fut entrouvert, de minuscules doigts passèrent entre les interstices. Puis une voix fluette, presque cassée : "Bino… Bino…"

Ducan se pencha. Au fond de la nacelle gisait une petite créature qu'il n'avait jamais vue auparavant. Une peau dure et poilue, parsemée d'entailles. Son bras gauche était maladroitement emballé dans un pansement de fortune. Des griffures, des coupures superficielles zébraient son flanc et son dos. Une de ses ailes, minuscule, tremblait doucement.

"… C'est une gou-aillée?" murmura Ducan, incrédule. C'est un être si rare qu'elle fait plus office de mythe plus que de réalité." Il n'arrivait pas à en croire ses yeux, il tenta d'essuyer la sueur de son front à nouveau, qui n'avait toujours pas cessé de l'accabler.

"C'est l'une des raisons pour lesquelles je suis venu directement à vous. Si quelqu'un pouvait bien confirmer mes soupçons, c'est bien vous. Et je présume que c'est une fille, elle est encore très jeune et très petite." Il sortit doucement la créature. Elle s'agrippa à son bras pour l'aider, visiblement blessée, mais déterminée à s'extirper elle-même. Une des ailes repliées se déroula, l'autre frissonna.

Ducan le contempla, bouleversé. "On dit que ces bêtes deviennent des géants ailés… Mais là… Elle est si frêle."

Feragil, la voix chargée d'émotion, murmura sans lâcher du regard l'enfant entre ses bras : "Je l'ai sauvée d'une mort certaine et je n'ai pas pu me résoudre à l'abandonner. Je me devais de te demander ta permission pour lui offrir un refuge ici."

Ducan, d'abord interloqué, sentit son cœur se serrer. "Tu souhaites l'héberger ici ?"

"Je ne pouvais pas la laisser à son sort là-bas", répondit Feragil. "J'espérais ton accord."

Ducan hocha la tête, résignée. "Alors elle reste. Mais quand elle voudra s'envoler… il faudra la laisser partir."

Feragil esquissa un sourire. Il sortit de son sac une gourde de cuir bombée. "Tiens, c'est de l'eau fraîche du Pic des Montagnes de Glace. Tu vas t'éteindre à force de transpirer comme ça."

Ducan la prit avec gratitude. Mais alors qu'il s'apprêtait à boire, une souris surgit entre deux grimoires, faisant pratiquement un face-à-face avec la gou-aillée. La créature hurla. Terrorisée, elle revécut sans doute son agression. Elle bondit, se réfugia dans les bras de Ducan qui la rattrapa de justesse… laissant échapper la gourde. Elle s'écrasa sur l'enclume, où le métal rougeoyait encore.

Le cuir brûla, craqua… et l'eau se déversa. Le liquide se mêla au métal incandescent qui se mit à noircir.

Un choc.

Un grésillement.

Une couche de givre surnaturelle se forma sur la pièce, figée dans une étrange perfection.

Ni Ducan ni Feragil ne remarquèrent tout de suite le phénomène. Trop occupés à calmer la petite créature tremblante. Mais ce fut ce soir-là… que l'alliage sembla s'éveiller pour lui. Il aurait pu jurer qu'il l'avait enfin d'accepté.

Les années avaient passé depuis. Ses doigts, frappés par les décennies et la guerre, se refermèrent doucement sur le casque.

Il aurait voulu rester là, figé dans ce souvenir, à revivre ce moment où sa femme s'apprêtait à le rejoindre. C'était elle qui avait remarqué le métal en premier, elle qui avait compris. Elle lui avait donné ce nom, celui qui collerait à sa peau comme une seconde malédiction : la Chair de l'Acier.

Mais depuis les hauteurs du domaine, l'air vibrait d'une tension sourde. Des cris résonnaient entre les murs. Un fracas lointain fit trembler les pierres sous ses pieds. La barrière d'énergie… elle craquait. Le bouclier sacré, ultime protection du Firmament Astral, montrait des failles.

Un capitaine des Mains-de-Fers surgit à grandes enjambées, le visage blême, couvert de sang et de poussière. "Seigneur Ducan !" hurla-t-il, haletant. "La muraille magique cède ! Nous n'avons pas eu le temps de mettre tout le monde à l'abri ! Une brèche s'est ouverte à l'ouest… Ils arrivent !"

Le grondement des spectres résonnait déjà dans le ventre de Ducan, comme un tambour de guerre. L'heure n'était plus au souvenir, mais a l'action. L'adrénaline, la fièvre du combat, malgré son âge, reprenaient leurs emprises sur le moment présent désormais. Il sentait son cœur cogner, le sang pulser dans ses veines, la chaleur de la bataille raviver chaque muscle oublié.

Il agrippa la lance de licorne d'un geste sec, fit un signe de tête à Fiona, qui, malgré les ordres, le suivrait jusqu'en enfer, et marcha vers les portes.

Chapitre 4

Le Bastion des Temps Perdus

La dernière bataille avait commencé.

Sans un mot, il posa son casque sur sa tête. L'armure, en écho, émit un discret gémissement métallique en scellant ses protections. Ses yeux, désormais dissimulés derrière la défense froide, brûlaient d'une flamme qu'on n'avait pas vue depuis des années.

Fiona, s'avança rapidement dans le couloir, sans perdre une seconde, malgré sa taille et son âge. Elle s'arrêta devant Avalon, qui attendait avec son air sage. Ses grandes écailles reflétaient la lumière vacillante des torches.

"Allez, mon vieux," lança Fiona, déterminée. "Pas de temps à gaspiller. Porte-moi."

Avalon la fixa un instant, affichant un léger sourire sous sa barbiche. "Vraiment, Fiona, t'es déjà fatiguée ?" Il haussa les sourcils d'un air faussement désolé, comme s'il compatissait à un effort.

Elle lui répondit par un regard noir, sans même ralentir. Avalon s'agenouilla avec un soupir moqueur, l'aidant à grimper sur son dos aussi agilement qu'une gamine.

Le bruit métallique d'une démarche épuisée résonna derrière eux. Ducan avançait en boitant, chaque pas lui tirant une grimace contenue. Une quinte de toux sèche échappa à sa gorge.

Avalon tourna légèrement la tête vers lui. Comme à chaque combat, il l'accueillit avec cette dérision qui leur servait à faire redescendre la pression. "Qu'est-ce que t'attends, vieil homme ? Que je te roule jusqu'à la fenêtre ?" grogna-t-il.

Ducan cracha au sol, un sourire en coin. "Ferme-la et baisse-toi, grosse couleuvre," répliqua-t-il.

Avalon éclata d'un rire grave, la gorge vibrant comme un tambour. Il s'agenouilla davantage, offrant son flanc d'un geste théâtral. Ducan monta d'un mouvement sec, malgré la douleur qui transperça sa cage thoracique. "Un jour," souffla Ducan en s'accrochant, "je te couperai ta foutue barbiche pendant ton sommeil."

"Essaie donc," répondit Avalon en claquant des dents. "Tu vas m'alerter en toussant avant même de poser la main sur ta dague."

Une fois les deux solidement cramponnés, Avalon s'élança dans les couloirs, ses lourdes pattes martelant le sol de pierre.

Ducan, du haut de son dos, hurla d'une voix râpeuse : "À moi, soldats du Firmament ! Garde, Mains-de-Fer, suivez-nous ! Aux armes !"

À chaque tournant, des hommes et des femmes émergeaient, l'acier au poing, abandonnant tout pour rejoindre le flot.

Il arriva enfin à l'entrée principale.

Devant lui, le dôme bleu pulsait d'énergie comme un battement de cœur malade.

Des arcs de fissures blanches s'étiraient dans l'air, tremblotant comme des tentacules affamés.

Une brume lourde s'infiltrait par l'ouverture béante de la barrière brisée. Et sur tout ça… la pluie tombait, froide, dru, violentant les pierres et les armures dans un martèlement sourd.

D'ordinaire, ce mur ressemblait à un mythe, une légende oubliée.

Installé après la première attaque sur le domaine, du temps de Métado et des Trois Sœurs Jumelles, il n'était apparu que quelques fois au fil des âges, sous les assauts extérieurs.

Jamais Ducan ne l'avait vu de son vivant.

De l'autre côté du bouclier, un tapis de brume sinistre se heurtait sans relâche aux parois.

Des formes spectrales, longues et acérées, frappaient tout ce qui existait avec une hargne dévorante.

On ne comptait plus les cadavres entassés à l'extérieur du dôme.

Toutes ces vies perdues… Pourquoi ? Contre qui ?

La pluie dégoulinait sur l'armure de Ducan, ruisselait sur les écailles d'Avalon, s'infiltrait dans les fissures du sol comme autant de veines ouvertes.

Fiona, en apercevant la scène, resta figée, le visage pâle, choquée jusqu'au fond de l'âme.

Les dragons, pourtant majestueux, crachaient flamme et glace, en vain.

Les spectres, à peine repoussés, revenaient sans fin.

Les Mains-de-Fers, eux, avaient huilé leurs haches et mis feu à leurs lames : seul moyen trouvé pour forcer ces abominations à reculer, ne serait-ce qu'un instant.

Mais frapper ces choses revenait à trancher du vent.

Les lames traversaient souvent sans résistance ; parfois, seulement parfois, un choc étincelant contre une griffe confirmait qu'ils avaient touché quelque chose.

Peine perdue.

Ducan se laissa tomber d'un bond pesant, et ses bottes éclaboussèrent l'eau stagnante dans un cliquetis d'armure.

Il analysa la scène, le regard dur, évaluant ses options. Mais aucune stratégie d'approche ne lui parut meilleure que le risque frontal.

Un cri attira son attention.

Un des Mains-de-Fers se fit agripper par une volée de spectres. Son bras fut tiré dans la brume poisseuse, son hurlement d'agonie déchirant l'air… avant de sombrer dans un silence glacial.

Puis, sous les yeux de tous, l'un des dragons du domaine, descendu trop bas, fut happé en plein vol et connut le même sort : dévoré vivant par une mer d'ombres.

Ils avaient affaire à un ennemi immortel.

Mais ils devaient tenir assez longtemps…

Protéger ceux qui pouvaient encore être sauvés.

Fiona, toujours juchée sur Avalon, donna une claque sèche sur ses écailles.

"Descends-moi avant que je te laboure le dos, grand dadais !" lança-t-elle d'un ton bourru.

Avalon s'agenouilla, et Fiona bondit sur le sol détrempé, dégainant sa dague noire sans perdre une seconde. Déjà, elle scrutait les ombres, prête à tailler dans le vif.

Ducan regarda son dragon, puis dans un cri de guerre, sauvage, viscéral, chargé de tout le poids des âges, il hurla : "POUR LE DOMAINE !"

Sa voix déchira l'averse, rebondit contre les murs du château, galvanisant tous ceux qui l'entendirent.

Les renforts foncèrent sans hésiter, une masse vivante d'acier, de flammes et de rage.

Derrière eux, les montures rugirent en écho, secouant l'air de leur souffle brûlant.

C'est à cet instant que l'armure de Ducan s'éveilla pleinement.

Des lignes runiques, discrètes jusque-là, s'illuminèrent d'un bleu froid, pulsant au rythme sourd du dôme fracturé.

Son plastron vibra, ses gantelets craquèrent, et son heaume laissa s'échapper une vapeur dense, comme la respiration d'une bête prête à tuer.

Avalon, lui aussi, s'éveilla. Son armure massive, forgée du même métal rare, résonnait de la même intensité. Des nervures anciennes couraient sur ses écailles renforcées.

Le dragon baissa légèrement la tête vers Ducan, leurs yeux manifestaient leur complice. "T'es prêt à mourir encore une fois, vieux frère ?" grogna Avalon avec son humour noir habituel.

Sous la pluie battante, Ducan arracha sa lance de son dos, l'empoignant d'une main ferme.

Son regard, dur et brûlant, croisa celui d'Avalon. "Seulement si tu m'ouvres le chemin…" répondit-il d'une voix rauque.

"T'as pas le droit de partir avant moi."

Ils se jetèrent dans la mêlée, ensemble, comme à leur tout premier combat.

Chapitre 5

L'Éveil du Désespoir

Les voyageurs étaient en selle depuis l'aube, leurs dragons fendant une tempête hargneuse qui semblait décidée à les traquer jusqu'à la fin du monde.

La pluie s'infiltrait sous les capes, glaciale et insistante. Le vent sifflait entre les écailles comme des crocs cherchant prise, mais ils tenaient bon. Au-dessus d'eux, le ciel était une gueule de bête, béante, affamée. Les nuages formaient une mâchoire noire, prête à tout engloutir, à les broyer telle une suie vivante lancée à leurs trousses.

Fléo Bleu chevauchait Miro derrière Firamire.

Il n'aimait pas les hauteurs. Les écailles de Miro frémissaient sous ses mains, mais la terreur de l'altitude restait un fardeau pour Fléo Bleu. Le vent trop fort, l'air trop froid, tout cela le rendait nerveux. Il fixait la terre ferme, espérant sentir bientôt le sol sous ses pieds.

Il repensait au temps passé avec son neveu. Cette année-là, Fléo la traversa à nouveau, comme un vieux rêve : floue, fragmentée, enfouie dans les méandres de sa mémoire. Firamire, lui, la portait comme un manteau encore trempé. Il venait tout juste de quitter les Vournirs, après avoir partagé une année entière avec une version plus jeune de Fléo, dans une époque parallèle.

Ils avaient traversé la même histoire… mais pas à la même époque.

Et maintenant, ils volaient ensemble dans le présent, réunis par ce lien étrange, tissé entre les fibres du temps.

Derrière lui, Tamira portait Note dans les cheveux, à l'abri sous le capuchon de son manteau. La petite créature se sentait protégée, en sécurité dans l'intimité de cette cachette, blottie contre la chaleur vivante de sa compagne, loin du vent et du chaos.

Tamira, quant à elle, ne cessait de fixer l'horizon. Ses yeux scrutaient les ténèbres, mais ses pensées, elles, volaient bien plus vite que Noxys. Vers son père, Ducan. Vers le frère qu'elle avait retrouvé après tant de temps. Son cœur s'emballait à chaque battement d'ailes.

Ils n'avaient eu que quelques heures. À peine. Juste assez pour échanger quelques mots entre deux bouchées, pour se frôler du regard au milieu du tumulte des préparatifs. Firamire n'avait pris que l'essentiel : quelques grimoires, des ingrédients qu'il connaissait par cœur. Il n'y avait plus de place pour l'hésitation. Il fallait partir.

Et ils l'avaient fait. Sans attendre. Sans un mot de plus. Le ciel s'était refermé derrière eux comme une porte qu'on claque. Depuis, les heures s'étaient écoulées en silence, trouées seulement par quelques échanges discrets, des questions trop longues pour être posées, mâchées aux frontières des molaires sans jamais franchir les lèvres. Les souvenirs de voyage et d'anciens périls se bousculaient, mais sans éclat, sans voix. Ils économisaient leurs forces dans cette nuit pluvieuse, attendant leur arrivée à la maison.

Feragil, cramponné à la nuque de Bino, fronçait les sourcils. Une heure encore avant d'atteindre le Firmament, mais quelque chose dans l'horizon le dérangeait. Ses yeux exercés, habitués à lire les moindres signes dans le lointain, captèrent un frémissement étrange entre deux nuages.

Une lueur.

Faible. Orangée. Comme une braise suspendue dans l'air, tremblotante et incertaine. Trop immobile pour un éclair. Trop vivante pour être une simple illusion.

Il tendit le bras, la main serrée, pointant l'inconnu.

"Là !" cria-t-il, le souffle du vent déchirant ses mots. "Regardez, droit devant !"

Le silence gagna les esprits. Même le claquement des ailes semblait s'être retenu un instant. Une lueur persistait, pareille à une balafre lointaine dans le manteau noir du monde.

Tamira fronça les sourcils, tentant de distinguer les contours à travers le tumulte. Derrière elle, Note, blotti dans sa chevelure, s'agita faiblement. Tu le ressens aussi, n'est-ce pas? La voix de Noxys vibra dans sa tête.

Les structures n'étaient pas encore visibles… mais quelque chose brûlait. Ou avait brûlé. Et le ciel semblait le pleurer.

L'inquiétude n'était pas encore prononcée, mais une tension sourde résonnait sous la peau. Dans la tête de Tamira, une pensée prenait forme. Qu'arrivait-il ? Le Domaine était-il attaqué ? Des dragons noirs auraient-ils osé s'aventurer si loin ? Ou était-ce cette autre menace… celle qu'ils avaient déjà croisée, par malheur, mais qu'ils avaient réussi à repousser, repoussant l'ouverture de leurs sépultures à plus tard ?

Elle n'écarta pas non plus l'hypothèse d'un désastre Drumain, ou d'une catastrophe naturelle. Mais son esprit vacilla davantage vers une cause plus sourde, plus effrayante… Les spectres de l'Ombre. Ces choses qui semblaient violer les frontières aux quatre coins de la Fleur des Vents.

Feragil pressa le pas, donnant une tape sèche à Bino qui s'élança plus vite sans protester.

Noxys frissonna en partageant sa réflexion avec sa cavalière. "Ça va aller… je crois… Il y a toujours le bouclier, si jamais."

Mais la phrase sonna creux, pour Tamira. "Le bouclier… Tiendrait-il face à ces créatures ? Aucun éclat, aucun frémissement dans l'air, rien qui ne trahissait une quelconque activation magique." Elle avala sa salive, la gorge sèche. "On ne sait même pas s'il est encore là. Ni s'il fonctionne. Où il commence, où il finit… On ne sait même pas s'il a déjà vraiment existé."

Noxys répondit machinalement : "Bien sûr qu'il existe. Sinon, pourquoi on en parlerait dans les cours de défense du Firmament ?"

Tamira haussa la voix, cette fois. "Rien ne confirme qu'il ait déjà existé pour de vrai. Ça pourrait tout aussi bien n'être qu'une légende, un conte de confort pour rassurer les enfants et les anciens. Tu sais aussi bien que moi qu'il n'y a plus aucun mage ni sorcier au Domaine depuis des générations. Qui aurait pu lancer un tel sort ? Cette barrière magique… Si elle a un jour existé, elle n'est plus."

"Tu doutes encore… malgré tous les secrets qu'on a déterrés ces derniers temps?" La parole de Noxys claqua dans l'air.

Une voix s'éleva alors doucement, un peu décalée. Il s'était glissé dans la conversation, tout en retenue. "Note demande si Tamira parle de l'écran protecteur du Firmament Astral ? Car si oui, il existe bien. Note l'a déjà vu. Note l'a noté… il y a bien, bien longtemps." Il sortit pour mieux être entendu. "Note vous dit qu'il l'a vu naître, lui, le bouclier. Oui, la toute première danse. C'était sur le Firmament. Juste là, Note l'a vu entre les souffles."

Il agite la main comme pour chasser une poussière de mémoire, puis tapa deux fois sur la tête de Tamira. "Note voit les trois cœurs de sœur. Pas deux, trois!"

Il frappa son torse, puis son ventre, tout en bondissant des épaules de Tamira, sur le dos de Noxys. "Note regardait avec plaisir quand elles dansaient en rond dans le nid, voyez? Un cycle lent, avec leurs doigts qui traçaient des filaments dans l'air. Pas des mots. Non. C'est la toile elle-même qu'elles tissaient…"

Pendant qu'il raconte, il mime la scène sur les lombes de Noxys : ses bras dessinent les cercles, ses pas agile dansait sa queue suivait avec légèreté. Puis soudain, il se met à courir. Il grimpe, jusqu'à se hisser debout sur le crâne de Noxys, s'agrippant à l'une de ses cornes, pointant droit devant comme s'il s'était accroché au pavillon d'un navire.

Il regarde l'horizon, le menton levé, comme s'il attendait qu'elle apparaisse. "Note vous confirme : la magie… elle est là tout le temps. Partout. Elle ne bouge pas, elle patiente. Et quand les ennuis approchent, pfssht! Note l'a vu : elle se tend, comme une toile d'araignée."

Il claque des doigts. Rien n'apparut.

Il se mit à s'aventurer sournoisement sur le museau de Noxys, les bras en balancier comme s'il marchait sur une corde. "Note croit qu'il ne devrait pas y avoir de problème. Si elle s'était activée, on devrait l'observer d'ici."

Noxys le voyait venir. Elle soupira profondément avant de cracher un souffle court. "Si tu fais un pas de plus, c'est toi qu'on verra plus d'ici. Mon nez n'est pas un perchoir."

Les flammes prirent soudain de la hauteur, démesurées, repérable de loin, des langues furieuses cherchant à mordre les nuages. Et puis… la barrière commença elle aussi à être visible. Fléo Bleu, d'ordinaire imperturbable, sentit l'inquiétude lui grignoter la gorge. Un voile translucide se dessinait lentement dans l'air, révélant l'immensité du dôme qui recouvrait la partie du domaine construite à l'origine.

Il flottait là, intangible, comme une bulle suspendue entre les mondes, tel que Note l'avait décrit. Sa surface vibrait à peine, mais l'air tout autour semblait plus dense. Le temps lui, s'était ralenti. On voyait la protection depuis un long moment désormais, et pourtant… le trajet, lui, n'en finissait plus.

Puis quelque chose changea. Presque imperceptible. Une pression dans le front. Une dissonance dans la lueur. Et alors, l'impensable se produisit.

Des fissures apparaissaient. Fines au départ, puis de plus en plus nettes à mesure qu'ils s'approchaient, courant sur la façade magique comme des craquelures sur une vitre sous tension. De ces lignes éclatées s'échappait une lumière étrange, mouvante, frémissante, comme si des aurores boréales tentaient de se fuir d'un monde enfermé derrière le verre.

Le renard franchit les quelques pas qui le séparaient encore de l'endroit où il n'aurait jamais dû se trouver, puis s'agita brusquement. Sa voix fine s'éleva avec panique, sifflant dans la tempête : "Note voit brume…" dit-il en pointant plus bas. "Note n'aime pas ça. Non, non, non. Pas bon du tout, Note dit."

Le ton de la petite créature avait changé. Plus de curiosité. Plus de jeux.

Noxys, tendue, retroussa légèrement les lèvres. "Pas maintenant, Note. Ni le moment, ni l'endroit pour jouer la peste. Retourne te terrer sous le manteau de Tamira." Sa voix claqua comme un fouet, sèche, tranchante. Le moindre faux pas pouvait coûter cher, et elle ne supportait pas les distractions quand le danger rôdait.

Note s'immobilisa un instant, la mine pincée, puis, sans un bruit, il courut sans rechigner se réfugier sous le capuchon de Tamira, disparaissant aussitôt.

Tamira fronça les sourcils. Elle aussi l'avait vue, cette brume. Trop rapide. Trop dense. Et bien trop vivante.

Ils étaient encore à une bonne distance quand les premiers éclairs surgirent. Pas ceux de la tempête. Non. Ceux-là montaient du sol, zébrant la noirceur d'une lueur glaciale, nette, tranchante comme une lame de givre. Ils frappaient le ciel comme si la terre elle-même tentait de repousser une force invisible.

Fléo Bleu se redressa sur le dos de Miro, les yeux fixés sur le phénomène, et réclama à être déposé. Mais la situation les pressait, et cette option les aurait freinés. Feragil refusa. Il connaissait ces éclairs. Tous deux les avaient vus, à maintes reprises, sur les champs de bataille du passé.

Le nécromancien maudissait silencieusement son moyen de transport. Trop lent à son goût dans de telles circonstances. S'il avait été sur le plancher des vaches, il aurait pu invoquer un portail et se rendre là-bas en un souffle. Mais en l'air, suspendu entre ciel et guerre, il n'était qu'un spectateur frustré.

Chapitre 6

Du Sang Contre du Temps

Ducan menait ses soldats au cœur du chaos, droit vers les portes de l'Enfer. Sa lance dans une main, l'autre crispée sur le souvenir de chaque frère tombé… et de ceux à venir. Sa cuirasse, fêlée par endroits, laissait échapper des volutes de buée glacée qui dansaient le long du métal, comme si elle respirait un vent polaire. Les spectres reculaient sous la morsure de ce froid. Pour Ducan et Avalon, la sensation était tout autre : leurs armatures, enchantées, maintenaient une température idéale. Autour de lui, ses camarades sentaient passer une brise douce, presque magique, écho discret de l'aura glaciale qu'il traînait dans son sillage.

Il tournait son arme à bout portant d'une main autour de lui, la hampe de sa lance sifflant dans l'air, fauchant les ombres avant de finir appuyée derrière sa nuque. Dans un mouvement fluide, il la propulsa du poignet le long de ses épaules, la rattrapant de l'autre main, puis planta la pointe en pleine tête de l'ennemi le plus proche, qui s'évapora immédiatement en fumée.

Au-dessus, Avalon rasait le sol. À chaque traînée de feu crachée, un souffle de vapeur contrastante l'accompagnait. En temps normal, elle aurait figé la cible avant de l'immoler sur place; cependant, face à cet adversaire, cela ne servait qu'à disperser les plus petits assaillants et à repousser légèrement les plus gros, qui reconstituaient leurs membres aussitôt en absorbant les petits à proximité. Il modelait la glace au creux de sa gorge, telle une expectoration gluante, au moment de la libérer en une boule de givre qu'il lançait avec une précision mortelle, qui explosait comme une comète hivernale brûlant d'un brasier bleuté défiant la physique. Sa cuirasse dragonnique, recouverte du même vernis arctique que celle de Ducan, formait avec celle de son cavalier un duo de choc. Ensemble, ils possédaient un pouvoir unique dans l'univers, qu'ils avaient su maîtriser à la perfection au fil des âges.

Leur rythme était implacable, comme une masse qui enfonce clou après clou dans le cercueil du monde.

Ducan grogna, une formule ancienne rugit de ses lèvres. Son talon martela le sol. Sa lance fendit l'air, projetant un éclair de glace brutal. Il déchira les rangs ennemis, pulvérisant tout, laissant derrière lui un sillage de brume noire, rapidement comblé par la marée d'ombres.

Autour de lui, les autres dragonniers et Mains-de-Fers peinaient à contenir le flot. Forgés pour l'impact, le fracas du métal contre la chair, ils étaient désemparés face à cette menace vaporeuse, insaisissable, en perpétuel mouvement. Tandis que les dragons déchaînaient leurs souffles, formant un bouclier de protection contre la tempête.

Ducan hurla ses ordres, sa voix grondante fendant le chaos. "Ne lâchez rien, tenez la ligne!" Puis, étouffant un toussotement qui se frayait un chemin, il tituba légèrement. Avalon, sentant ce bref moment de déséquilibre, lui lança un regard inquiet. Mais Ducan se redressa presque aussitôt, le poing serré, prêt à repousser une nouvelle vague d'assauts sans faiblir.

L'air vibrait du bruit des lames qui s'entrechoquent, des cris déchirants, et du souffle rauque des dragons. Chaque battement d'ailes soulevait une bourrasque glaciale qui faisait frissonner la peau exposée.

L'effluve du sang frais saturait les narines, âcre et poivrée, signe que la bataille ne faisait que commencer. Mais au-delà, se mêlait une senteur plus étrange : celle des spectres. Une odeur de putréfaction humide, de chair en décomposition qui semblait suinter de l'air lui-même, épaisse, suffocante, comme une brume mortelle qui collait à la chaire et brûlait la gorge.

Puis, un courant plus pur, plus vif, fendait cette puanteur. C'était Avalon qui passait, son souffle givré chargé d'ozone et d'un soupçon de soufre, un parfum métallique et frais, comme l'air électrique juste après un orage, glacé, mordant, presque vivifiant malgré le carnage.

Fiona, loin d'être paralysée par la peur, se précipitait dans la mêlée. Elle attrapait un Dragonnier blessé, son bras brisé pendait comme une corde lâchée. Il était à moitié éviscéré, son torse lacéré par des griffes spectrales. Sans modération, elle le poussa en avant, le tirant vers un coin sécurisé. L'homme gémit, mais elle ne pouvait pas le ménager. C'était soit lui, soit elle. Elle ne pouvait pas s'arrêter. Pas maintenant.

Ducan, qui gardait un œil sur elle, reconnut le jeune Drumain : c'était celui qui était entré dans son bureau plus tôt. Il se força à ne pas y penser. Ce n'était pas le moment.

Son attention fut rappelée à l'ordre quand il aperçut l'un des Mains-de-Fers, un géant de muscles et de rage, il hurla, d'un bras tentant de repousser les assaillants, mais l'effort était vain. Cramponné à sa hache encrée dans la terre, ses yeux écarquillés d'effroi. Deux spectres, implacables, tiraillaient ses jambes, enfonçant leurs griffes profondément dans sa chair, le maintenant là, cloué au sol. Le guerrier, les dents serrées, luttaient pour ne pas être emportées par la marée d'ombres, son arme plantée comme une dernière défense contre la mort.

Ducan fonça à son secours, mais avant même qu'il n'arrive, les deux créatures se séparèrent d'un coup sec, arrachant les membres du combattant dans un cri d'agonie.

En un instant, ils l'écartelèrent, déchirant son corps en deux comme un vulgaire chiffon, les morceaux volants s'éparpillant dans un geyser de sang et de tripes.

Ducan s'arrêta, les poings serrés, le visage éclaboussé de viscères toujours tièdes. L'odeur du plasma frais, mêlé à celle de la chair brûlée. Ses genoux ployaient, sa vision tanguait, mais il tenait bon.

Combien de temps pourraient-ils encore tenir?

Il hurla de toute sa force, la voix cassée par la fatigue : "Bande de salauds! Qu'attendez-vous pour mourir?"

Il rangea sa lance d'un geste sec dans son dos, puis arracha la hache plantée dans le sol. Les doigts du Mains-de-Fer offrirent peu de résistance avant de retomber dans la boue rouge, s'écroulant comme des fruits pourris. Debout au-dessus du torse sans vie, Ducan levait son arme, ses bras couverts de crasse et de sang, animé d'une rage animale. Perdre des soldats faisait partie du contrat, mais ici, ce n'était plus un combat, c'était une boucherie.

Fiona s'avançait dangereusement au cœur du chaos, son couteau en avant, sa torche en feu, les jurons jaillissant comme des lames. Le monde autour d'eux n'était plus qu'un enfer. Pas une once de peur dans ses yeux, ni la moindre envie de rester à l'écart du carnage.

Ducan, en pleine rotation, l'aperçut juste à temps. Il pivota et lui décocha un coup de botte dans le ventre, pas assez pour lui briser une côte, mais pile ce qu'il fallait pour la déséquilibrer et la faire reculer hors de portée des griffes d'un spectre qui fondait sur elle. Dans le même souffle, il leva la hache au-dessus de sa tête et l'abattit de toutes ses forces. La lame transperça la masse sombre du monstre, le dissipant en volutes obscures.

Séréna atterrit lourdement juste derrière Fiona. Sa peau n'avait plus la teinte verte familière au domaine ; elle avait revêtu une couleur noir charbon, à l'image des légendes de Black Rock. Son armure ténébreuse, celle qu'elle portait autrefois lorsque Shina la chevauchait, couvrait de nouveau son corps. Des grésillements statiques serpentaient sur les plaques, et ses yeux, désormais sans pupilles, brillaient d'un blanc immaculé, ne trahissant ni émotion, ni intention.

Elle pivota sur place, fouettant l'air de sa queue juste au-dessus de la vieille dame, frappant au passage plusieurs ombres menaçantes. À chaque impact, un arc électrique jaillissait, suivi d'une décharge brutale. D'un mouvement fluide, elle ouvrit la mâchoire et décrivit un demi-cercle de droite à gauche, libérant un rugissement traversé d'un faisceau d'énergie foudroyante.

Lorsqu'elle s'immobilisa, elle tendit aussitôt la main vers l'aînée, puis cria à Ducan, couvrant le tumulte : "Nous avons presque fini d'évacuer tout le monde ! Il nous faut encore quelques minutes !"

Ducan hocha la tête, essoufflé. D'un revers brutal de sa hache, il balaya une nouvelle vague spectrale, son bras tremblant sous l'effort. Il tourna les yeux vers Séréna, le visage buriné tordu par la tension, et lança d'un ton ferme. "Toi aussi… je te veux à l'abri."

À peine avait-il parlé qu'un élancement fulgurant lui déchira la jambe. Un genou au sol, il s'effondra partiellement, les dents serrées pour ne pas hurler. Sa cuisse l'enclenchait comme si des crocs s'y étaient enfoncés. Il ne voulait pas regarder, il savait déjà. Son poids s'écrasa sur le manche de sa hache, qu'il planta devant lui pour ne pas s'écrouler tout à fait, les jointures blanchies par l'effort.

Une silhouette vaporeuse fonça sur lui, ses griffes spectrales étendues comme une serpe prête à s'abattre. Ducan leva à peine les yeux, trop lent pour riposter, mais un éclair d'acier émergea de nulle part.

Un cimeterre à double tranchant croisa la trajectoire du monstre dans un cri métallique. Les serres furent stoppées net. Fergrise s'était interposée, surgie à l'improviste, ses bras tendus, chaque muscle vibrant sous la pression inhumaine. Luttant contre la force du spectre, ses pieds glissèrent dans la boue, mais elle tint bon.

Ducan, abasourdi autant par l'attaque que par l'arrivée de la Mains-de-Fere, se ressaisit. Dans un rugissement, il fit pivoter la hache restée ancrée au sol, la saisit et la lança d'un revers furieux. L'arme tourna dans les airs, puis vint frapper la créature au flanc. Le choc éclata l'entité en une gerbe d'ombre et de cendres, dissipée par une bourrasque glaciale.

Les serres disparurent aussitôt, relâchant la tension sur la lame de Fergrise, qui faillit perdre l'équilibre à son tour.

Ducan se releva lentement, titubant, puis décrocha sa lance de son dos d'un geste sec. Les deux combattants se mirent dos à dos, dans une garde d'instinct. Haletant, il lui lança d'un ton frustré : "Je croyais t'avoir dit de te mettre à l'abri."

Fergrise eut un sourire en coin, la sueur coulant sur sa tempe noircie de poussière : "Et te laisser, à toi tout seul, le plaisir et la gloire?"

"Tu es aussi borné que ton père…" grogna Ducan.

Un souffle de plus, un temps volé au carnage.

Son attention revint aussitôt vers Séréna, et il désigna Fiona d'un geste sec, agacé : "Fous-la à l'abri… avant que son sale caractère la fasse buter."

Fiona, déjà en alerte, hurla en levant le bras, les yeux rivés au ciel. "Regardez !"

Ducan détourna brièvement le regard, attiré par une étrange lueur dans le au loin. Des formes sombres glissaient entre les nuages tourmentés, dansants contre l'éclat pulsant de la tempête. Là-haut, une dragonne ouvrit la gueule et projeta une gerbe de flammes rouges. Le souffle enragé traversa les airs, percutant les lignes arrière de l'ennemi dans un rugissement d'énergie ardente. Les spectres touchés se dissipèrent dans un frisson de halo fantomatique, comme arrachés à cette réalité.

Un second jet, incandescent, fendit le ciel. Un autre dragon cracha un torrent flamboyant, pulvérisant une volée de créatures éthérées. L'éclat illumina les hauteurs comme une aurore déchaînée, révélant fugitivement les ailes et les crocs de ceux qui combattaient au-dessus.

Puis vinrent les murmures.

Des incantations antiques, chuchotées par des voix invisibles, se mêlèrent au vent. Une première explosion fit vibrer le sol, projetant une onde de choc magique qui vaporiser les lignes ennemies. Une seconde, plus puissante encore, envoyant des fragments de roche et de terre dans les airs.

Chapitre 7

Le Voile sur la Mort

Ils étaient enfin à portée de souffle des premiers spectres, ceux qui formaient les rangées arrière. Une vapeur livide, semblable à une mer morte, rampait devant eux, s'étendant comme une marée noire prête à engloutir tout sur son passage. D'où venait cet ennemi? Parviendraient-ils à s'en défaire? Et par où était-il passé?

Telle une houle funeste, cette armée se régénérait sans cesse, chaque vague d'attaquant prenant forme à mesure qu'elle avançait. D'abord flous, de simples fantômes suspendues dans l'air, ils se dessinaient lentement, se sculptant dans la brume comme des souvenirs maudits. Leurs contours devenaient plus évidents, leurs visages se précisaient, leurs silhouettes se durcissaient jusqu'à atteindre la netteté menaçante d'ombres d'outre-tombe. Chaque spectre semblait prêt à frapper avec la brutalité d'une mer déchaînée.

D'où tiraient-ils leur puissance? Était-ce ce souffle opaque, cette essence obscure, qui précédait leur venue et persistait après leur passage, qui leur conférait leur force?

L'averse, si intense quelques instants plus tôt, s'amenuisait peu à peu, laissant tomber ses dernières gouttes telles des larmes épuisées. Le martèlement s'éteignait, et avec lui, le voile sonore qui avait contenu les effluves les plus âcres. Lentement, une senteur oubliée se libéra du sol détrempé, une odeur de pain moisi, humide, fermenté, qui s'était tapi jusque-là, écrasée par le déluge. Elle remontait à présent, insidieuse, s'élevant avec la vapeur tiède des pierres, et venait s'imposer dans chaque souffle, comme un avertissement dont même la pluie ne pouvait laver le passé.

Noxys envoya une pensée vers Tamira. "Tu vois ce que j'aperçois ?"

Les premières vagues de chaleur léchaient déjà leurs visages, portées par le vent des tours en flammes qui s'effondraient l'une après l'autre aux abords du domaine. Le feu rampait avec avidité le long des remparts, affamé et indomptable. Partout, des cadavres de dragons mutilés perçaient la fumée comme des rochers noirs émergeant d'un fleuve rouge. Leurs carcasses n'entravaient ni l'épais brouillard, ni l'avancée silencieuse des ténèbres.

Feragil conserva son attention sur les arches d'entrée. Ils seraient bientôt à portée pour analyser l'état de la situation. Malgré lui, ses pensées dérivaient, vers sa famille. Il priait en secret pour qu'aucun n'ait été touché.

L'odeur de sang, de bois brûlé et de pain moisi leur griffait les narines. Les tours de garde ne flambaient plus, mais vomissaient encore des volutes épaisses de fumée noire qui s'élevaient vers un ciel figé. Plus de pluie. Seulement cette lourdeur… cette attente poisseuse, comme un souffle retenu. Les cendres portées par le vent s'écrasaient contre les ailes, les visages, les pierres.

Les dernières lieues arrachèrent ce qu'il subsistait de force aux ailes de leurs montures. Plus tôt, à la vue des troubles surgis à l'horizon, ils avaient forcé l'envol, fouillant dans chaque muscle la moindre réserve d'endurance. Désormais, les battements se faisaient lourds, irréguliers, saturés de fatigue. Feragil en était pleinement conscient. Il ordonna de réduire l'altitude, juste assez pour soulager leurs créatures… tout en restant trop hauts pour se faire happer par les griffes des spectres fusionnés.

Aile-d'Or finit par les rattraper. Son arrêt et l'attente de l'émissaire à la taverne de la Tope lui avaient coûté un départ groupé avec les autres, mais heureusement, les griffons étaient réputés pour leur rapidité. Le battement pressé de ses ailes fendait l'air comme une lame. À sa hauteur, il ralentit juste assez pour ne pas dépasser Bino, ponctuant son apparition d'un cri strident.

Feragil lança, sans même tourner la tête : "Tu as finalement daigné nous rejoindre."

"Oui, j'ai été quelque peu retardé par la recherche d'un messager. Espérons qu'il soit arrivé avant nous… et en un seul morceau. C'est un jeune Racleterre, il paraissait compétent, mais on n'avait pas anticipé que ces créatures nous attendraient dès l'abordage."

"Il est à souhaiter, car le Domaine semble coupé du monde extérieur."

"As-tu un plan d'action?" demanda Aile-d'or, le regard fixé sur l'ombre mouvante du champ de bataille.

"D'ordinaire, on aurait pris un moment pour observer avant de foncer tête baissée", répondit Feragil, la voix sèche. "Mais le temps nous est compté. Chaque seconde peut faire la différence. On n'a pas le luxe d'attendre. Ils ont été repoussés une fois. Cette fois, on est tous là. Je mise sur l'effet de surprise."

"Effet de surprise? Tu veux rire de moi?" répliqua Aile-d'or. "Ça fait des lieues qu'ils ont dû nous repérer…"

Bino y alla de ses propres observations, respirant fort entre deux battements d'ailes. "Bino fatiguée… mais pas cassé. Bino va faire trembler les montagnes."

"Nous y sommes. Le moment de vérité", fit remarquer Feragil dans un souffle grave.

Il cria aux autres qui le devançaient : "Soyez prêts! Pas d'attaque inutile! Restez en mouvement, en hauteur, hors de portée tant que vous ne pouvez pas vous poser en sécurité. On n'a pas besoin de héros… mais de combattants. Et de survivants."

Puis, la dernière structure qui obstruait leur vue s'effondra sous un impact. Le champ s'ouvrit brutalement.

Les yeux de Feragil accrochèrent une silhouette familière au cœur du tumulte. Sans surprise, il reconnut la source des projectiles givrés : Ducan.

Dressé au centre du carnage, il resplendissait. Son armure éveillée déversait une lumière glaciale, presque irréelle. Imposant. Inébranlable. Aussi redoutable qu'aux premiers jours, malgré les années. Un roc. Un pilier. Un rempart debout au cœur du chaos.

Non loin de lui, une Mains-de-Fere. Feragil la reconnut à ses lames uniques, impossibles à confondre. Elle était là, vivante. Son cœur fit un bond dans sa poitrine. Un souffle de soulagement.

Chapitre 8

Une Odeur de Chaos

Tamira sentait la colère monter, brasier attisé par la rage de Noxys. Une fureur brûlante, viscérale, que la dragonne partageait sans mot. La monture se cabra, ailes repliées, puis plongea comme une flèche vengeresse. Dans ce mouvement soudain, le capuchon de Tamira bascula, et Note, surpris, s'agrippa au dernier instant à une mèche de ses cheveux pour ne pas tomber.

Feragil s'écria. Mais sa voix ne trouva pas d'oreille attentive.

Tamira et Noxys n'avaient que faire de la prudence. La rage parlait en eux, une colère jeune, encore sauvage.

La gueule de Noxys s'ouvrit dans un cri muet. Une première salve jaillit. Un corridor de brasiers éventra la nuit.

La végétation s'embrasa, les troncs craquèrent, et dans l'éclair d'un souffle, la terre apparut, nue, fumante. Autour, le bois, en proie aux flammes, s'éleva comme des torches dans le noir, projetant une lueur vacillante qui creusait l'obscurité sans jamais la dissiper tout à fait. Là où l'incendie prenait, les spectres s'écartaient, se repliant légèrement, contournant les braseros naturels que formaient les arbres en feu. Ils n'aimaient pas la chaleur, et la lumière les faisait reculer, mais jamais longtemps.

Déjà, du cœur de la brume, d'autres formes avançaient.

L'armure de Noxys réagit aussitôt. Elle vibra sous l'effet du danger, parcourue de frissons métalliques. Des fissures rouges s'ouvrirent à sa surface, brûlantes comme des cicatrices prêtes à exploser.

"Note, retourne à ta place." Lança Tamira.

Sans dire un mot, le petit renard courut jusqu'au poignet de sa maîtresse pour y prendre apparence de bijou.

Fléo Bleu tapa sur l'épaule de Firamire, un sourire malicieux aux lèvres. "C'est le moment que tu me montres si tu te souviens de ce que je t'ai enseigné jadis."

Firamire répondit avec un ricanement ironique. "Aïe, le vieux, tu perds peut-être la mémoire, mais pour moi, c'est encore tout frais dans mon esprit."

Miro tourna la tête, un rictus sadique accroché aux crocs. "Fléo Bleu, je te conseille de bien t'atteler."

Fléo Bleu ouvrit grand les yeux. "Pourquoi ?" demanda-t-il, méfiant.

À peine le mot franchi qu'il sentit Firamire rigoler, juste au moment où Miro ramenait son long cou vers l'avant.

Une seconde plus tard, le dragon piqua brutalement, changeant de direction dans un mouvement sec et vertigineux.

Dans un cri de panique, le nécromancien se cramponna de toutes ses forces, enroulant ses bras autour du corps de Firamire, la tête enfouie dans son dos.

Miro plongea dans la mêlée avec la force et la fureur d'un prédateur affamé.

Pendant ce temps, Firamire, imperturbable, sortit une poignée de cloportes séchés de sa sacoche. Ses yeux brillaient d'une malice tranquille.

Avec un sourire en coin, il lança à Fléo Bleu : "Tu te rappelles des golems ?"

Les yeux fermés, la voix tremblante, la joue collée contre le dos de son apprenti, Fléo répondit : "Oui… bien sûr. Pourquoi ?"

Miro battit des ailes avec une énergie démesurée, gagnant rapidement de l'altitude dans un grondement d'air fendu. Fléo Bleu, cramponné au dos de Firamire, sentit le vent lui fouetter le visage comme des lames glacées. L'oxygène se comprimait dans ses poumons, chaque secousse du dragon agitait ses entrailles. Les virages en spirale et les piqués remontés sans prévenir lui donnaient la nausée.

Une bourrasque plus forte le fit basculer vers l'arrière puis vers l'avant, le ventre retourné, les tempes martelant.

Il gémit, une main plaquée sur la bouche, mais c'était trop tard.

Dans un haut-le-cœur brutal, un jet de vomi s'échappa de ses lèvres. La substance épaisse et acide, d'un beige verdâtre, vola dans l'air, se fragmentant avant de venir s'écraser en une flaque gluante sur l'aile gauche de Miro.

Le dragon poussa un cri indigné, sa voix caverneuse et outrée résonnant dans le ciel : "Beurk! T'as conscience que c'est dégueulasse, espèce de cracheur d'entrailles?!"

Firamire tourna légèrement la tête, amusé, observant la traînée répugnante qui coulait lentement entre les écailles du dragon. Il éclata d'un rire tonitruant, le torse secoué d'un plaisir moqueur. "Faut croire que la légende a pas trop le cœur solide !" lança-t-il, hilare, les larmes aux yeux.

Fléo Bleu ne répondit pas. Blême, les yeux mi-clos, il s'épongea la bouche d'un revers de manche tremblant. Un filet de salive pendait à son menton, son souffle court, comme s'il avait livré bataille contre son propre estomac.

Firamire, toujours en train de rigoler, riposta : "Hay ho, ne t'essuie pas sur moi."

Miro répliqua : "Un vrai nécromancien, celui-là : il fait même revenir ses repas pour vous hanter."

D'une voix faible, mais sérieuse, il chuchota : "Et c'est quoi ton plan, au juste ?"

Firamire ne perdit pas une seconde. "Voici ma version du sort." Il extirpa un petit morceau d'argile aussi volumineux que l'insecte qu'il avait, et le plaça fermement dans la terre. Un murmure d'incantation qu'il avait imaginée et testée en secret s'échappa de ses lèvres. La boule de glaise se mit à gonfler rapidement, prenant le diamètre d'une pomme. Dans un geste précipité, il la lança en direction de la marée de monstres.

Au fur et à mesure qu'elle descendait, la masse grossissant à vue d'œil. Elle atteignit bientôt la taille de Miro lui-même, vrombissant dans l'air comme un projectile vivant. Fléo Bleu, agrippé au dos de Firamire, sentit son estomac se retourner. Le vent fouettait encore son visage, mais c'était désormais le vertige et une curiosité fébrile qui se disputaient le contrôle de son esprit.

"Ne regarde pas…" pensa-t-il une seconde.

Mais déjà ses paupières s'écartaient, et ses yeux cherchaient la trajectoire du sort comme on fixe une étoile filante menaçant de s'écraser. Il voulait voir. Il devait voir.

La boule percuta le sol dans un bruit sourd, un fracas de chair et d'énergie mêlées. L'impact souleva une gerbe de poussière et de débris. Aussitôt, la masse d'argile se déchira, s'ouvrant comme une coquille fendue pour révéler un monstre cauchemardesque : un cloporte géant, renversé sur le dos, dont les segments chitineux luisaient d'un éclat huileux.

La bête hurla, un cri sec, strident, presque métallique, puis, dans une frénésie incontrôlable, elle se remit à tourner sur elle-même. Ses pattes démesurées frappaient le sol, les rochers, les créatures alentour. L'impact de chaque coup faisait trembler le terrain.

Fléo Bleu, les yeux écarquillés, lutta contre un nouveau haut-le-cœur. Mais cette fois, c'était la fascination qui l'emportait sur la peur. Il ne clignait plus des paupières, absorbé par la violence du spectacle.

Puis, dans un ultime soubresaut, le cloporte se disloqua en mille morceaux, projetant des débris partout autour.

Fléo Bleu resta figé, sans voix, tandis que son apprenti déclara avec un sourire satisfait : "C'est pas encore tout à fait ça. J'ai pas encore trouvé la formule exacte pour qu'elle n'éclate pas, mais au moins, ça semble assez efficace. Il fit une pause, puis ajouta, moqueur : "Je dirais même que c'est plus stable que ton estomac. Et eux, au moins, ils explosent dans le bon camp."

Une vague de puanteur monta brusquement jusqu'aux cieux, portée par les courants ascendants. Un mélange toxique d'effluves de cloporte brûlé, de fluides internes carbonisés et de magie instable.

Bino émit un grognement rauque, le dos courbé sous le choc olfactif. Il battit frénétiquement des ailes pour tenter de s'éloigner du nuage, ses narines frémissant comme si on les avait enduites de cendre et de purin. Sa gueule béante éructa un hoquet sonore, et il manqua de se retourner en vol.

Feragil, agrippé tant bien que mal à la selle fixée entre les omoplates de la gou-aillée, se pencha pour éviter un remous pestilentiel. "Par les sphincters putréfiés du Croquemort Astral..." gronda-t-il en se redressant, les yeux humides. "C'est quoi cette *infection volante*?!" Il se tourna d'un mouvement vif, lançant un regard furieux vers Miro. "Fléo Bleu! À *quoi* tu pensais en montrant à ce p'tit insolent à invoquer des horreurs pareilles?!"

Fléo Bleu, toujours cramponné au dos de Firamire quelques mètres devant, lutta pour ne pas gerber une seconde fois. "Je ne lui ai jamais appris à faire exploser un cloporte géant! C'était censé créer un golem défensif, pas un fléau digestif en rotation incontrôlée!"

Firamire, parfaitement à l'aise malgré les bourrasques, rit de bon cœur. "Tu m'as dit : "Trouve ton style". Ben voilà. Le style catastrophe olfactive élémentaire. Original, non?"

Miro, le museau retroussé, fit claquer sa langue avec dégoût. "Si un seul morceau visqueux atterrit sur mes ailes, je fais demi-tour et je vous livre aux spectres, un par un."

Bino battit encore des ailes, visiblement prise entre deux instincts : s'éloigner au plus vite ou foncer dans le tas pour se venger du sort à la source du nuage. Il éructa un deuxième râle, plus menaçant, secouant la tête si fort que Feragil manqua d'être désarçonné.

"Par tous les orifices de l'enfer… Je vais étrangler ce gosse avec ses propres intestins magiques. Ses idées sont pires que celles de Ducan", jura le paquet d'os, la bouche couverte d'un morceau de tissu crasseux qu'il avait noué devant son nez comme un vieux bandit empesté.

Alors que les répliques fusaient encore entre Fléo Bleu, Feragil et Firamire, une ombre fondit sur eux. Noxys battant l'air avec une puissance sèche, agressive. Elle ne rugit pas, Tamira entendit dans son esprit, la voix de sa dragonne grave et moqueuse : "On appelle ça des renforts, ou un concours de crétins puants?"

Tamira, droite sur son dos, ne s'embarrassa pas de diplomatie. Elle jeta un regard en biais au groupe d'agités suspendus dans les airs et lâcha, glaciale : "Pires que des enfants. Sérieusement. Trois mâles en vol, chacun à essayer de prouver que son cloporte explose plus fort que celui du voisin."

Elle marqua une pause, une moue de dégoût sur les lèvres. "La prochaine fois que vous jouez aux apprentis-dompteurs d'asticots, prévenez. Je vous largue dans la brume, et on verra lequel de vous est encore capable de faire une blague en pièces détachées."

Le silence tomba immédiatement. Feragil ravala un commentaire, grognon. Firamire étouffa un ricanement et baissa la tête. Fléo Bleu leva timidement la main, comme s'il allait protester, puis renonça en croisant le regard de Tamira.

Même Miro fit une embardée sur le côté pour se situer à bonne distance, les ailes frissonnant d'un instinct de survie primaire.

Noxys remonta d'un battement d'ailes et siffla à travers ses crocs : "Y'a pas de place pour les odeurs de cadavres improvisés dans ce ciel. La prochaine fois que vous empestez ma trajectoire, je m'occupe de la désinfection. À ma manière."

Chapitre 9

L'Ombre Derrière le Héros

"ATTENTION !" s'écria Séréna.

Ducan, distrait une seconde par l'arrivée de ses enfants, tourna légèrement la tête. Une seconde, une seule, mais une seconde de trop./

Tamira, le cœur gonflé de soulagement en découvrant son père encore en vie, sentit cette joie s'évanouir d'un seul coup. Son regard s'élargit, happé par la peur. Elle aperçut le sourire qu'il lui adressait… et les ombres noires surgir dans son dos. Il ne les voyait pas. Elles fondaient sur lui par son angle mort.

L'expression figée de sa fille alerta Ducan. Il pivota, mais les ténèbres étaient déjà là.

Tamira tendit la main, comme pour retenir les griffes du spectre, impuissante.

Dans un élan presque aveugle, guidé par l'instinct, Ducan brandit sa lance. Il parvint à parer la première agression, la patte du spectre qui visait son haume pour l'agripper à la gorge. Le choc résonna contre l'arme dans un crissement sinistre.

Déséquilibré, il n'était pas en mesure de riposter. La seconde attaque, il le sentait, pourrait bien avoir raison de lui.

Le visage de la créature se déforma. Là où il y avait une ombre, surgit l'image fugace d'un crâne, moqueur, affamé. Ducan aurait juré qu'il le voyait sourire.

L'autre bras s'éleva dans un élan brutal, prêt à lui porter le coup de grâce.

Fergrise, elle aussi happée par l'émotion quelques instants plus tôt, avait baissé sa garde. Mais la lucidité lui revint comme un éclair. Elle réagit juste à temps. Son sabre fusa dans un arc éclatant, tranchant net le membre du spectre dans son mouvement. Avant même que l'écho du cri ne se propage, elle fit pivoter sa lame dans un cercle fluide et redoutable, ouvrant la créature en deux d'un seul geste.

Mais ils n'avaient pas vu la suivante.

Elle s'était glissée entre les mailles de leur vigilance, silencieuse, implacable.

Et cette fois, elle frappa.

Elle surgit entre les deux, bousculant Fergrise, qui dut exécuter un pas en retrait. Trop proche de Ducan pour taper sans risque, elle retint son ardeur, impuissante. Mais l'ennemi l'ignora. Il fonça droit sur sa proie.

Il s'abattit violemment. Ses serres métalliques transpercèrent l'interstice entre les plaques de cuirasse. Ducan sentit les griffes s'enfoncer dans sa chair, déchirant cuir, maille et peau.

Fergrise hurla et s'élança de nouveau, crocs découverts dans un cri de rage. Mais l'entité, implacable, serra son poing dans la plaie, broyant ses organes dans une poigne inhumaine.

Un grognement rauque s'étrangla dans sa gorge. Il chancela, une main agrippée à la lance, l'autre déjà engourdie. La détresse fut brutale. Son souffle se coupa net.

Avalon, à une seconde près, tourna la tête. Il ressentit tout. La douleur. L'atteinte. L'onde sourde de l'âme de son frère de vie, lacérée, transpercée, en train de vaciller.

Fergrise frappa, son cimeterre s'abattant sur l'épaule du spectre. Le bras explosa en cendres.

Mais la créature pivota, libérée du corps de Ducan. D'un revers brutal, son autre membre vint à la rencontre de Fergrise. Ses serres mortelles se plantèrent dans son épaule découverte, avant de glisser violemment le long du bras, l'ouvrant jusqu'au coude, la désarmant sur le coup. Puis l'entité se releva, déjà parée à frapper à nouveau.

Firamire fut alerté par le cri de sa sœur. Son regard se détourna aussitôt, accrochant la silhouette familière de leur père, juste à l'instant où il s'effondrait au sol. Le temps sembla ralentir. Le spectre ensanglanté se redressa dans un silence morbide.

Leurs montures, comme affectées par la douleur de leurs cavaliers, grognèrent de fureur, prêtes à charger.

Tamira se dressa debout sur la selle de Noxys, les pieds fermement plantés. Elle n'attendait qu'une chose : être à portée pour bondir dans la mêlée. Une chaleur sauvage montait en elle, brûlante, incontrôlable. Son expression se durcit, et son armure, jusque-là muette, émit un grésillement aigu, semblable à du métal chauffé à blanc.

Elle tira son épée dans un cri primal, hurlant sa rage jusqu'à en vider ses poumons. Ce n'était pas de la colère pour elle-même. C'était la douleur de voir son père s'effondrer. La peur de le perdre.

Son armure, qui avait refusé de s'éveiller jusque là, répondit enfin. Des fissures incandescentes la parcoururent, traçant des lignes de lave vive sur chaque plaque, éclairant le ciel avec la vitesse que celle de Noxys. Une poussée d'adrénaline et de puissance la traversa, des pieds à la tête. La pointe de son épée s'enflamma dans une lumière intense. Là, un œil jadis figura sur garde, un cercle d'énergie tourna lentement sur lui-même, dessinant la forme d'un huit, le signe de l'infini, avant de revenir à la forme d'un rond. La lame avait accepté son nouveau propriétaire et elle l'affichait.

Séréna lâcha Fiona, qui, une fois libre, se précipita sans hésiter vers le corps de Ducan. Le spectre, prêt à frapper à nouveau, leva ses ongles obscurs pour achever sa victime.

Mais Fiona s'interposa. Elle se jeta sur le vieux corps, s'y enroulant comme un bouclier humain. Les larmes aux yeux, elle serra sa tête entre ses mains, murmurant entre les sanglots : "Non… non, non… pas toi…"

Elle s'attendait à sentir les crocs ou les griffes la déchirer d'une seconde à l'autre… mais le coup ne tomba jamais.

Une chaleur violente balaya l'air au-dessus d'elle avec un bruit de statique.

Séréna, les bras tendus, venait de cracher sa rage en une boule d'énergie. L'ennemi, pris de plein fouet, vociféra en disparaissant dans un nuage de brume. La peau de la dragonne perdit sa teinte noire pour retrouver sa pigmentation normale.

L'un des guerriers fit un pas, prêt à se précipiter vers Ducan, mais une main ferme l'agrippa par l'épaule. "Reste en place !" hurla son camarade. "Tenez la ligne, bon sang ! Si on bouge maintenant, on perd l'entrée du Domaine ! Occupe-toi de tes bombes incendiaires, les renforts arrivent !"

Le soldat hésita, les mâchoires crispées, puis jeta un regard vers le corps de Ducan, étendu dans son sang. Son poing se referma, tremblant d'impuissance… puis il plongea la main dans le panier de pots de terre cuite, en alluma un, et le lança dans la foulée. À côté, son camarade badigeonnait ses haches d'huile, les préparant à s'enflammer à nouveau.

En surplomb, à une dizaine de lieues devant eux, Fléo Bleu serra une poignée de poudre d'os dans sa paume. Il en déversa un peu dans son autre main, puis cracha dedans pour en faire une pâte épaisse qu'il appliqua grossièrement sur ses paupières, tel un maquillage de guerre. D'une voix basse et tremblante, il murmura l'invocation sacrée : "Sub vultu animarum, cinis vertatur in os, et os in vitam aeternam surgat."

(Sous le regard des âmes, que la cendre devienne os, et que l'os se lève vers la vie éternelle.)

Il ouvrit les yeux, à moitié retournés dans leurs orbites, qui brillèrent alors d'un éclat rivalisant avec la pleine lune. Il relâcha la poudre qui lui restait dans sa première main. Celle-ci s'envola en un nuage de poussière qui prit de l'expansion, jusqu'à ce que des formes commencent à se dessiner.

Comme si la poudre se reconnaissait, elle se rassembla en amas difformes, façonnant des membres en partie osseux, partiellement couverts de muscle en décomposition. L'un après l'autre, les morts tombèrent du ciel, heurtant le sol dans un cliquetis squelettique mêlé à des bruits humides de chairs qui claquent.

Mais plus glaçant encore fut le chant de guerre qui s'éleva de leurs gosiers secs et crevassés, une litanie funèbre, basse, gutturale, presque vibrante, comme une prière inversée…

"Umbra sumus, et in nocte regnamus,
Ossa fremunt, sub luna clamamus,
Mortem canimus — aeternum bellum."

"Tenebrae ducunt, cruorem sitimus,
Carne carentes, corde damnati,
Ferrum vetus in manibus ardet."

"Animam auferimus sine misericordia,
Fractis vocibus surgimus iterum,
Gloria nulla — solum sanguis."

"Nous sommes l'ombre, et dans la nuit nous régnons,
Les os grondent, sous la lune nous hurlons,
Nous chantons la mort — la guerre éternelle."

"Les ténèbres nous mènent, nous avons soif de sang,

Dépouillés de chair, damnés jusqu'au cœur,
Nos mains portent le fer ancien."

"Nous prenons les âmes sans pitié,
Nos voix brisées se relèvent encore,
Pas de gloire — seulement le sang."

Une cadence émergea. Ils frappaient du pied, ensemble. Ils avançaient, lents, mais irrésistibles, leurs armes rouillées levées, les yeux brûlés fixés sur les spectres. Et déjà, l'ennemi reculait, perturbé, attiré, hypnotisé. Une milice de revenants venait de s'éveiller.

Noxys effleura presque le sol détrempé, ses ailes soulevant un souffle humide chargé de pluie. Tamira bondit de sa selle, ses bottes s'enfonçant dans la boue, son poing heurtant la terre. Elle releva la tête et se redressa de tout son long. Empoignant sa gaine d'épée à deux mains, elle para la première attaque dirigée vers elle. Dans un demi-tour fluide, elle esquiva la seconde, puis riposta avec une furie déchaînée, créant une gerbe de fumée et de rage chez son ennemi. Sa lame enflammée fendit l'air lourd d'humidité. Chaque élan s'abattait avec la violence d'un orage, la force d'un volcan prêt à tout réduire en cendres. Son corps glissa dans la mêlée tel un fleuve de lave sur un terrain abrupt. Rien ni personne ne pourrait l'arrêter. Emprise d'une folie meurtrière, ses coups tombaient comme des projectiles implacables.

Les spectres à proximité semblèrent ressentir la menace, convergeant en une masse plus dense… avant d'être terrassée dans une fusion de flammes et de fureur.

Sa colère l'empêchait de capter pleinement l'étendue de la connexion avec son armure. Pourtant, elle ne chercha pas à la contrôler. L'armature avait répondu à son appel, et elle se laissa guider par elle… et par sa rage.

Lors d'une contre-attaque, les flammes de son épée s'étirèrent, s'allongeant en une bande ardente qu'elle maîtrisa peu à peu, comme un fouet de feu fouettant l'air.

Noxys atterrit juste à côté d'elle, après un survol en rase-motte qui avait déchiré le ciel et ouvert le passage. Son corps était sillonné de flammes intenses. D'un puissant revers de queue, elle balaya les spectres comme on emporte des fétus de paille, crachant un feu incandescent, plus proche d'une lave en fusion. Ses griffes tranchèrent tout ce qui se trouva sur son chemin.

Toujours en transe, Fléo Bleu posa une main sur l'épaule de Firamire : "Allez, mon garçon… C'est ton tour. Montre-nous ce que tu sais faire. Fais-les payer, ces salauds."

Firamire détacha une petite poche de cuir de sa ceinture. Il n'avait pas prévu de l'utiliser si tôt. Mais la douleur hurlait, vengeance et cette invocation était née pour ça.

Il bondit hors de la selle, esquivant les assauts. Une main serrant le sac, de l'autre il en extirpa une pleine poignée de son contenu, qu'il jeta au vent. Son souffle s'accorda à la formule. Des mots anciens, affûtés par des mois d'entraînement auprès de son professeur.

"Umbrae alarum tuarum in luce vivent."
"Les ombres de tes ailes vivront dans la lumière."

Un sort que lui seul pouvait maîtriser. Il l'avait baptisé "le Battement des Ombres".

À bien des occasions, il s'en était servi pour distraire, ou pour jouer quelques mauvais tours à son oncle, de quoi passer le temps.

Mais aujourd'hui, ce n'était plus un jeu.

Une lueur blanche et verte s'empara de sa main. Ses doigts et son poignet, mus par des gestes devenus machinalement précis, traçaient l'incantation dans l'air comme une danse familière.

Alors qu'il fonçait vers son père, les ailes de mouches mortes qu'il avait relâchées aux quatre vents se mirent à battre frénétiquement, comme mues par une volonté propre. À leur passage, des ombres naquirent. Sombres. Fluides. Animées d'une fureur.

Il avait appris à maîtriser ces créatures.

Rien, dans les anciens grimoires de Fléo Bleu, n'expliquait clairement d'où ce pouvoir venait. Ce n'était pas un sort qu'on mémorisait par cœur, c'était un don, ou une anomalie. Une rumeur oubliée dans les marges de l'Histoire. Une note griffonnée dans un codex moisi, d'un ancêtre nécromancien que tous avaient pris pour un illuminé… un bon vieux fêlé du bocal.

Mais Fléo Bleu, ce jour-là, avait haussé les épaules et rétorqué : "Franchement, est-ce qu'il existe quelqu'un dans notre Domaine qui ne soit *un peu* zinzin?"

Et ça avait suffi. Les explications bancales, les symboles gribouillés dans les marges, les murmures oubliés… tout cela avait été assez. Ses mots avaient éveillé le pouvoir.

Après avoir découvert ce pouvoir en expérimentant avec les écureuils morts de Fléo Bleu, Firamire avait décidé de pousser plus loin. Il avait opté pour des revenants encore plus insaisissables, plus compacts, presque fluides. Des ombres condensées, là où l'œil peinait à suivre.

Chacune des ailes guida une ombre, et chacun de ces ombrages se jeta sur un ennemi. Enfin, les forces étaient plus égales. Spectre contre ombre. Serre contre griffe. Gorge contre gorge.

Là, sous un ciel sans dieu, les vivants et les morts s'arrachaient la place, sans gloire, sans retour.

Chapitre 10

Sous les Larmes Givrées

Le champ de bataille n'était plus qu'un chaos de cendres, de cœurs battants et de cris étouffés. La boue, mêlée de sang, formait une terre lourde et meurtrie, foulée sans distinction par les vivants et les morts. Des volutes de fumée s'élevaient encore de certains foyers, et, çà et là, les derniers archers décochaient leurs flèches enflammées. Les Mains-de-Fers, quant à eux, commençaient à manquer de carreaux pour leurs arbalètes.

Puis, le ciel se contracta. Les nuages s'assombrirent d'un coup, comme si la lumière elle-même retenait son souffle.

Et alors, un hurlement fendit l'atmosphère. Un cri guttural, mi-bestial, mi-jubilatoire, à la limite d'une éruption.

Il vibra dans les chairs, résonna dans les os, ébranla les cœurs jusqu'à leurs racines.

Les spectres levèrent la tête. Trop tard.

Une forme gargantuesque descendait en vrille du ciel, frappant l'air de deux imposantes ailes membraneuses. Bino percuta le sol avec un mugissement d'une montagne vivante. Sa masse fit trembler les piliers de la terre. Elle se redressa lentement, le torse bombé, les poings serrés, ses yeux injectés d'une fureur prête à éclater.

Un cri d'avertissement jaillit alors, brut et primal, projeté du fond de ses entrailles. Ses lèvres épaisses vibrèrent sous la puissance du son, sa gueule grande ouverte exhibant l'alignement féroce de ses crocs. Des gerbes de salive fusèrent de ses mâchoires crispées, éclaboussant la poussière et les ombres alentour.

"Bino vraiment pas contente."

Feragil avait compris le message. Il tira d'un coup sec sur les sangles, détachant le harnais du dos de la gou-aillée.

En une fraction de seconde, il chuta au sol avec l'équipement dans les bras, tandis que Bino, enfin libérée de son corsage.

Elle s'assura que sa prothèse était bien verrouillée en place, et jeta un œil à son ami avant de dire. "Bino casse tout. Pas long." Puis elle se lança. Avançant sur ses deux poings massifs, elle bondissait avec une violence animale, balançant ses bras à chaque impulsion, frappant sans relâche les silhouettes qui osaient se dresser sur son passage.

En contrebas, une des plus grandes abominations, un titan d'ombre à la tête mi-charognard, mi-spectre infernal, martelait la muraille du Domaine. Chaque coup faisait trembler les fondations. Mais à l'instant où Bino toucha le sol, la bête cessa. Elle tourna la tête, attirée par la présence écrasante qui s'approchait. Dans un hurlement rauque, similaire à une gorge noyée qui crache sa dernière bile, elle invoqua ses semblables.

Les ombres, qui harcelaient les défenseurs aux portes, s'arrêtèrent net. Puis, comme aspirées, elles se détournèrent de la muraille et foncèrent vers leur maîtresse.

Un répit. Court, fragile, mais réel. Les Mains-de-Fers purent souffler, resserrer les rangs, recharger.

Pendant ce temps, la créature grandissait.

En un éclair, elle avait doublé de taille. Une masse noire s'enroulait autour d'elle comme une armure vivante. Un second crâne se forma sur son épaule dans un craquement humide, déformé. Des arcs d'énergie statique jaillirent entre les deux têtes, zébrant l'air d'éclairs bleus.

Elle ne voulait pas fuir. Elle désirait se mesurer à Bino. Les deux s'arrêtèrent face à face, dans une tension palpable.

Bino plissa les yeux, puis grinça des dents en fixant l'amas d'ombres qui ne cessait d'enfler. "Bino va démonter toi… gros nuage de cheminée!" lança-t-elle, le ton rocailleux, presque amusé.

L'entité continua à grandir, aspirant les ténèbres alentour comme un puits sans fond. Déjà, elle dépassait le double de la taille de Bino, et son appel guttural résonnait dans le brouillard, attirant vers elle des dizaines d'ombres rampantes.

Bino rentra ses ailes d'un mouvement sec, puis s'inclina brusquement, les bras tendus devant elle dans une sorte de révérence déformée. Ça aurait pu passer pour une moquerie…

Mais non. Elle se préparait.

Sa voix monta, puissante, brute, chargée de cette force primitive qui faisait trembler la pierre : "Bino demande! Toi, esprit des montagnes, des crevasses et des roches dures, donne à Bino tes pinces!"

Des ombres jaillirent de ses bras, s'enroulant, s'épaississant… jusqu'à se changer en deux mandibules massives, noires et chitineuses, chacune plus large qu'un bouclier d'acier. "Bino appelle esprit du Crabe! Frappe pour Bino! Frappe fort!"

La terre résonna. La brume se dispersa brutalement, comme saisie par une agitation inattendue.

L'Esprit répondit.

Les premiers reculs furent discrets, presque instinctifs. Un ou deux spectres frémirent, leurs formes vacillantes se détachant du sol, comme empoigné par une crainte soudaine. Leur retrait, timide, mais paniqué, sembla contaminer les autres. Bino s'apprêta à faire appel au suivant quand l'onde de peur se propagea, et bientôt, de nouvelles silhouettes les imitèrent, vacillant à leur tour vers l'ombre des arbres. Un frisson parcourut la brume entière, puis, lentement, elle se mit à refluer. Elle coulait entre les troncs, sinueuse, engloutissant dans sa fuite les créatures qu'elle avait fait naître, comme si elle les rappelait au néant.

On pouvait presque sentir le désappointement du spectre à deux têtes, qui se dissipa plus vite qu'il ne s'était construit. Au grand détriment de Bino, qui ne voulait qu'une chose… extirper l'essence même de la vie de son adversaire.

Un silence étrange s'installa, cassé seulement par les respirations haletantes et les crépitements des braises laissées par les combats.

Tamira accourait, le souffle court, les muscles bandés, encore prise dans la frénésie de guerre. Son épée vibrante dans sa main, elle avait été prête à frapper, à venger, à tout brûler s'il le fallait. Mais le spectre s'était dissipé sous ses yeux, comme s'il avait refusé de mourir de sa lame.

Elle resta un instant figée, le regard vide, son élan tranché net. Le silence était revenu trop tôt. Trop brusquement. Et dans ses poings tremblants, la colère se dissolvait en incompréhension.

Ses jambes la relancèrent d'un coup, cette fois vers son père. Elle courut, l'épée toujours serrée dans sa main, comme si l'abandonner l'aurait trahie. Ses genoux heurtèrent le sol dans un bruit sourd à côté de Ducan. L'armure se relâcha, les lignes de lumière s'éteignirent une à une, et les fissures se refermèrent lentement.

Ses mains tremblaient. Ses larmes coulèrent, chaudes et incontrôlables, tombant sur le torse ensanglanté de son père. "Papa… papa, je suis là…"

Firamire, les traits tirés, la douleur tatouée dans le regard, arriva juste derrière. Il s'arrêta un instant, incapable d'avancer, figé par l'émotion... et par l'épuisement. Il venait de puiser dans ses forces plus qu'il ne l'avait jamais fait. Il avait pratiqué, oui, des dizaines de fois, des heures de préparation, des invocations calculées — mais jamais il n'avait lancé un sort aussi puissant. Son corps le trahissait à chaque pas, vidé, vidé jusqu'à la moelle. Autour de lui, les ailes de mouches tombèrent une à une, dans un frisson presque cérémoniel. Les esprits qu'il avait liés retournaient au repos éternel, délivrés de leur emprunt. Et, comme si la lumière gagnait enfin du terrain, les ombres qu'avaient projetées ces ailes se résorbèrent discrètement, rejoignant son dos, puis son ombre propre, jusqu'à ne devenir qu'un voile fondu dans la clarté. Les larmes se mêlèrent à la sueur sur ses joues. Puis, lentement, il s'agenouilla à son tour, retrouvant Tamira dans ce dernier geste de filiation et de deuil.

Fiona, digne malgré le chagrin qu'elle retenait au coin des yeux, s'écarta. Elle leur laissa la place. Celle des enfants. Celle du sang.

Au-dessus, Aile-d'or restait en vol, surveillant l'horizon, le regard perçant. Le griffon décrivait des cercles, gardant le ciel fermé à tout retour ennemi.

Avalon atterrit près de Ducan. Il plissa les yeux, puis tourna sa tête vers son frère d'armes : "T'es toujours aussi dramatique, hein ? Un jour il faudra que tu m'apprennes à mourir avec autant de panache."

Un rictus, un éclat discret, fendit le visage de Ducan. "Ce jour est peut-être enfin arrivé… mon frère. Alors, écoute-moi bien, Avalon… regarde et prend des notes, parce qu'il n'y aura pas de deuxième leçon. "

Tamira prit sa main, la serra comme si elle voulait le retenir ici, dans ce monde. "Vous ne pouvez vraiment pas vous en empêcher, hein… Même là, pas une once de sérieux." Elle renifla, un demi-sourire tremblant sur les lèvres, avant de s'approcher un peu plus. "Tu vois… je t'ai ramené ton fils à la maison… Il est là, papa. Il est là…"

Ducan tourna délicatement le regard vers elle, un léger rictus déformant ses traits fatigués. Il inspira profondément, mais une toux rauque s'échappa de sa gorge, brève, mais violente. Un filet de sang glissa de ses lèvres, coulant lentement sur sa mâchoire, comme une simple goutte d'eau tombée d'une pierre. Il hocha faiblement la tête. Sa voix, étouffée, râpeuse. "Tu… tu as bien fait, ma fille… Ta mère serait fière de toi… Moi aussi, je le suis… plus que tu ne pourras jamais le savoir. "

Ducan leva une paume tremblante, luttant contre la douleur, et fit un léger geste vers son fils, l'invitant à s'approcher. Firamire hésita un instant, les larmes roulant sur ses joues. Il aurait voulu les effacer, se montrer fort, mais elles coulaient malgré tout. Lentement, il s'agenouilla près de son père et posa sa main sur la sienne. Ducan chercha à parler, mais les mots ne vinrent pas, son souffle commençait à lui manquer. Firamire se pencha alors, délicatement, jusqu'à ce que leurs fronts se touchent, un contact fugace, mais lourd de sens. "Je sais, père. Je t'aime aussi…" murmura-t-il, la voix agitée.

Dans un ultime effort, il leva l'avant-bras et effleura doucement la joue de son fils, comme pour essuyer les larmes qui s'y étaient accrochées. Ses doigts pâles et tremblants tracèrent une fine ligne de sang sur la peau, une caresse lente, presque une bénédiction, une signature silencieuse. "Je sais… je l'ai toujours su." Murmura-t-il à peine, sa voix rauque se perdant dans un souffle. Il expira profondément avec une légère convulsion. Sa main retomba, lourde et inerte. La lueur dans ses yeux s'était éteinte.

Avalon fut le premier à devoir accepter l'évidence. Le lien qu'il partageait avec Ducan depuis la naissance s'était endormi à tout jamais. Pas brisé. Éteint. Comme un feu qu'on n'a pas vu mourir, et dont il ne reste plus que la cendre froide. Un vide. Immense. Absolu. Un silence si profond qu'il n'avait plus rien d'extérieur, c'était en lui, comme si quelque chose d'essentiel venait de lui être arraché. Il savait que ce jour arriverait, il connaissait l'état de santé précaire de Ducan, qu'il avait dû garder secret. Mais jamais il n'aurait cru devoir y faire face si tôt. Il ne rugit pas. Il ne cria pas. Il abaissa simplement la tête. Pour la première fois de sa vie, Avalon ne savait plus quoi dire.

"Non… non, non, ce n'est pas le moment de faire tes plaisanteries à la con…" Elle le secoua doucement, puis plus fort. "Papa… merde… répond."

Son regard se porta sur Avalon.

Le dragon baissa les yeux, incapable de soutenir le sien. C'était une réponse. Une confirmation. Tamira chancela. Un sanglot lui échappa. Puis, dans un effondrement, elle murmura : "Non… Tu peux pas partir… J'ai fait tout ce voyage pour te ramener ton fils…"

Firamire, silencieux, reprit la main de Ducan. Il la posa contre sa propre joue, ferma les yeux, comme pour ancrer en lui la chaleur, le poids, le souvenir du toucher de son père.

Fiona renifla bruyamment, comme si elle chassait la poussière de la bataille. Elle regarda Séréna sans un mot, le visage dur comme un vieux roc. Puis elle tourna les talons, secoua la tête et marmonna, la voix râpeuse : "Qu'ils ne me fassent pas chialer, ces maudits mômes… Et ne va pas croire que je pleure. J'ai une poussière dans l'œil, c'est tout."

Noxys et Miro, à quelques pas, baissèrent leurs museaux. Ils ressentaient la douleur des enfants, et se contentèrent de garder le silence, luttant eux aussi pour contenir leur propre chagrin.

Note n'osa pas bouger. Enroulé autour du poignet de Tamira, il scintillait faiblement, pâle et troublé, comme une flamme soumise au deuil. Il pleurait d'un souffle muet, non pas avec des larmes, mais avec toute la mémoire d'un monde qu'il avait vu naître et s'effondrer mille fois. Il l'avait vu naître, lui, Ducan. Il l'avait suivi, pas à pas, de victoire en sacrifice, de vie en silence. Et aujourd'hui, il le voyait partir. Il enregistrait, oui… mais son cœur, s'il en avait un, battait au ralenti. Comme si lui aussi, pour la première fois, accusait le poids de l'éternité.

Avalon leva le cou, son regard perdu dans les étoiles. "Il nous a quittés", dit-il. Sa voix résonna comme un glaive enfoncé droit dans la poitrine.

Feragil arriva à proximité, le cœur brisé. Son attention se posa sur sa fille, Fergrise, le bras en sang, les traits déformés par la douleur d'une plaie profonde… et le regard chargé d'une culpabilité muette. Sa voix résonna alors. Grave. Rocailleuse. Dénuée de toute chaleur : "Nous pleurerons nos pertes plus tard. Pour l'instant, le devoir nous appelle, nous devons venir en aide aux blessés. Et sécuriser le périmètre."

Les regards se tournèrent vers lui, choqués non pas par ses mots, mais par le ton presque militaire qui tranchait avec son naturel. Cependant, sa voix résonna comme une douche froide, ouvrant les yeux et les oreilles à la réalité urgente du moment. Les lamentations des soldats blessés trouvèrent enfin une oreille attentive, leurs réclamations ne pouvaient plus être ignorées.

Fléo Bleu s'avança, silencieux, comme une ombre qu'on n'avait pas remarquée. Son regard resta figé sur le corps de Ducan. Plus de quinze ans s'étaient écoulés depuis leur dernière véritable rencontre, à l'exception de cette brève visite, un mois plus tôt. Un moment teinté de nostalgie, trop court pour réparer les années, mais assez fort pour raviver les liens.

Il avait perdu son beau-frère. Son frère d'âme. Celui avec qui il était devenu légende.

Son fardeau, à lui, n'était pas seulement de converser avec les morts, mais de les porter, encore et toujours. De les côtoyer dans leur silence figé, sans jamais pouvoir oublier leur voix. La chair vivante, elle, avait cette odeur de joie, d'espoir… un parfum que les âmes perdaient à mesure qu'elles glissaient vers le néant.

La douleur n'en était que plus vive.

Et pourtant, une chaleur familière effleura son épaule. Pas un souffle, pas un murmure, une présence. Bien réelle.

Se pouvait-il que l'âme de Ducan se soit manifestée si vite?

Firamire n'aurait pas pu la percevoir, encore trop jeune, trop vert dans l'art de la nécromancie pour saisir ce genre de passage. Mais Fléo Bleu, lui, sentait le voile se lever. Il reconnaissait cette essence. Ancienne. Intacte. Comme un souffle arrivé d'un autre plan.

Une voix douce résonna dans son esprit, comme une mémoire vivante. "Tu as fait du chemin, mon frère."

Fléo Bleu hocha lentement la tête, un sourire triste à peine esquissé sur ses lèvres. "Et toi… Tu finis enfin par venir me voir, ma sœur."

Il ne la voyait pas, mais il discerna clairement le sourire. Cette voix, si apaisante, il la connaissait par cœur. "Oui. Et… on a une dernière demande à te faire."

Fléo Bleu n'eut besoin d'aucune explication. Il comprit aussitôt. C'était évident. "Je vais prendre soin de vos enfants", répondit-il simplement.

"Merci."

Puis, lentement, l'énergie se dissipa. Et le silence redevint silence. Les premiers flocons se mirent à tomber.

Chapitre 11

Souffle d'un Murmure

La lumière ne faisait pas mal. Elle était douce, presque tiède. Tamira, encore enfant, courait dans la plaine, sa robe flottant au vent. Derrière elle, Firamire riait aux éclats, brandissant un bâton comme une épée, criant des ordres de général au cœur d'une guerre imaginaire.

L'herbe haute caressait leurs jambes nues, le ciel s'étirait sans fin au-dessus d'eux, et la rafale emportait leurs ricanements comme les derniers pétales d'une saison oubliée.

Un peu plus loin, sur une couverture tissée de rouge et d'or, Shina était assise, jambes croisées, tentant d'ouvrir un pot de confiture. À ses côtés, Ducan observait la scène, un sourire discret niché dans sa barbe. C'était l'un des derniers pique-niques, un de ces rares instants de paix volés au tumulte d'une époque qui s'effritait. Les aînés étaient partis à la pêche. Ils devaient bientôt revenir, triomphants, avec une prise record.

Il n'y avait plus de cris d'agonie, plus de peur ni de douleur. L'odeur du carnage avait disparu, remplacée par celle, plus douce, des herbes sauvages et de la mer, dont la brise salée venait effleurer leurs visages, soufflée depuis l'océan à quelques lieues de là.

Et puis…

Shina s'était tournée vers lui, le regard marqué de tendresse, et avait murmuré : "Qu'attends-tu pour venir me rejoindre?"

Mais ce n'était pas juste un souvenir. Pas cette fois. Car lorsqu'il s'approcha d'elle, le reste de la scène s'immobilisa. Les enfants figés comme des ombres peintes sur une toile. Seule Shina respirait encore. Elle leva les yeux vers lui, et il sut. Elle était là.

Elle lui tendit le pot en souriant. "Tu peux m'aider? Il semblerait que même ici, les couvercles m'en veulent."

Il prit le contenant entre ses mains. Les larmes vacillèrent sur les remparts de ses yeux, mais aucune ne coula. Il s'assit lentement à ses côtés.

Shina posa doucement ses doigts sur les siennes. "Nous avons une invitée avec nous."

"Qui donc?" demanda Ducan, encore perdu, incertain de ce qui arrivait… et surtout, où il se trouvait véritablement.

"Viens, ma chère enfant. N'aie pas peur."

Tamira, qui jusque-là croyait n'être qu'une spectatrice dans ce rêve aux couleurs effacées, sentit son âme glisser hors du présent, flottant dans ce décor aux parfums de jadis. Elle avança, le cœur tremblant, attirée par une force familière, irrésistible.

Ducan se retourna et aperçut sa silhouette, floue, presque irréelle, comme un mirage au bord de la toile. "Où sommes-nous?... Suis-je mort?"

Shina le regarda. Elle appuya sa main sur sa joue, avec la même douceur qu'autrefois, et répondit, simplement : "Oui, mon amour. Tu m'as enfin rejoint… après toutes ces années."

Ducan prit peur. Pas pour lui. Mais en voyant sa fille à leurs côtés. Ses yeux se fixèrent sur Tamira, et sa voix trembla en posant la question qui lui glaça le cœur : "Est-ce que cela veut dire… qu'elle est tombée aussi?"

Shina lui répondit d'un sourire tendre. Elle tendit la main vers sa fille. "Non. Elle nous rejoint la durée d'un rêve. Entre deux mondes, une porte s'est entrouverte. Si tout va bien… elle ne nous retrouvera que dans bien des années. Entre-temps, nous devrons l'attendre."

Elle fit une pause, son visage semblait apaisé d'un éclat hors du temps. Puis elle reprit, d'une voix douce, mais pressée. "Allez, assis-toi. Nous avons tant à dire… et si peu de temps pour le faire."

Le murmure du rêve se brisa dans un grondement sourd.

Pas un cri. Pas un rugissement. Un son ancien, profond, comme si la montagne elle-même venait de se souvenir de sa douleur.

Fléo Bleu fut le premier à ouvrir les yeux. Tapi dans un coin, solitaire, sur les dalles froides de la Chambre des Joyaux, il fixa le plafond voûté comme si la pierre pouvait lui répondre. "Ils ne nous laissent même pas enterrer nos morts…", murmura-t-il.

Ses mots flottèrent dans l'air figé, et dans leur sillage, Tamira se réveilla. Son souffle était calme, mais un frisson parcourait encore ses épaules. Les larmes séchées formaient des sillons pâles sur ses joues. Une brise passa dans la salle. Il ne venait d'aucune porte.

L'aube s'était levée sans lumière.

La neige n'avait toujours pas cessé. Elle fournissait au paysage une expression aussi livide que le visage de chaque survivant. Tombée sans relâche depuis la fin des combats, elle avait recouvert les dalles, les marches, les traces de sang et les stigmas des affrontements. Les rues, devenues glissantes, n'offraient aucun répit aux citoyens. Même le silence semblait avoir gelé. Aucune cloche. Aucun cri. Aucun chant. Rien que les souffles discrets des âmes que Fléo Bleu sentait tourner autour de lui, invisibles, mais si présentes.

Tamira ouvrit les yeux. Son visage contre le plastron glacé de son père. Le corps ne portait plus de chaleur, plus de battement. La lance reposait entre ses mains, disposées comme une offrande.

Elle resta là, immobile, incapable de bouger. Le deuil n'avait toujours pas trouvé les mots. Il n'y avait que le vide. Elle voulut dire son nom. Juste une fois encore.

Ses doigts serraient le gant froid de son père, et ses larmes de facto roulaient sur le métal poli de l'armure.

Alors, doucement, la voix de Tamira s'éleva. Un murmure. Celui d'une enfant devenue femme. Un son né dans les ruines d'un monde trop grand pour son deuil. Elle fredonna d'abord. Puis la mélodie prit forme. Elle chantait.

Non pour être entendue. Mais pour ne pas s'effondrer. La douleur était si profonde que crier lui semblait trop pénible.

Sous un linceul blanc, il s'en est allé,

Les arbres dénudés, le ciel a pleuré.

La Dame glacée a recouvert ses pas,

Le sang versé, le prix fut durement payé.

Sa voix tremblait, mais ne rompait pas. Autour d'elle, la *Chambre des Joyaux* était figée, silencieuse comme une cathédrale morte. Fléo Bleu s'était arrêté, à quelques pas. Il n'osa pas s'approcher. Il resta là, immobile, simple présence dans l'ombre. Et il écouta.

Sous la neige, il repose dans le silence,

Après avoir tout donné, il peut enfin se reposer.

Le vent porte son souvenir dans la nuit,

Où l'écho des armes s'éteint dans l'oubli.

Sous le deuil de chaque son qui mourait à la falaise de ses lèvres, la tonalité sortit plus forte. Chaque mot improvisé prit son appui sur le suivant, formant une lame cruelle qui s'enfonçait un peu plus profondément à chaque syllabe pour tous ceux qui écoutaient.

Les ombres dansent sur les cendres de la guerre,
Un dernier souffle porté par la mer.
Les anciens murmures aux échos d'autrefois,
Ils chantent sa gloire, mais il n'entend pas leurs voix.

Tamira avait cessé de gémir. À la place, il n'y avait que cette force née du chagrin, cette dignité qu'elle tenait de lui.

Sous un linceul blanc, il s'en est allé,
Les arbres dénudés, le ciel a pleuré.
La Dame glacée a recouvert ses pas,
Le sang versé, le prix fut durement payé.

Son regard se leva vers la statue du dragon, témoin muet de ce moment.

Les armes sont déposées, il est temps de pleurer,
Mais le combat n'est pas fini, il faut se relever.
Dans le vent du nord, une lueur s'allume,

La flamme du courage jamais ne se consume.

Et elle sut, en chantant ces paroles, qu'elle allait continuer. Pour lui. Pour tous.

Ainsi s'éteint ce chant, sous les cieux flamboyants,
Les armes sont déposées, il est temps de pleurer,
Gravé dans la neige, par la main du destin,
Le prix fut durement payé, au cœur des anciens chemins.

Le dernier mot se perdit dans la pierre, mais l'écho demeura. Tamira appuya ses lèvres sur le front froid de son père. Puis elle se leva.

Fléo Bleu se tenait là, immobile. Il ne murmurait plus. Ses pensées s'étaient tues à l'instant même où le chant de Tamira avait pris le relais, comme si les morts eux-mêmes lui avaient soufflé de se taire pour l'écouter. Dans ses pupilles pâles, pleines d'âges et de regrets, il n'y avait ni jugement, ni pitié. Uniquement une fraternité muette, profonde, forgée dans les mêmes cendres. Celle de ceux qui avaient tout perdu, et qui chantaient encore, pour ne pas disparaître eux aussi. Il la fixait. Pas d'un regard froid, ni curieux, non. Une attention qui articulait "Je ressens ta douleur. Je la comprends. Et les mots que tu entonnes sont si justes, si vrais, que même les fantômes sanglotent en silence." Il ne dit rien. Il n'en avait pas besoin.

Tamira inspira doucement. Elle hocha la tête vers lui, en silence.

Fléo Bleu déclara. "Tu as revu ton père et ta mère."

Tamira répondit. "Oui… j'ai rêvé d'eux."

"Ce n'était pas qu'une rêverie." Répliqua-t-il en détournant le regard, son attention portée vers l'ouverture du dôme. "Le ciel, au-delà, semblait plus vaste qu'avant. Comme si quelque chose avait reculé. Comme si le monde lui-même avait retenu son souffle pendant cette nuit de deuil."

Tamira resta figée. Les mots de Fléo Bleu s'enroulaient autour d'elle comme une brise froide.

Elle serra doucement le bras de son père. Calme. Comme un roi endormi. "Alors… c'était quoi ? Un nouveau voyage dans les Vournirs?" expira-t-elle, la voix brisée.

Fléo Bleu inspira lentement, les mains croisées sous son manteau de fourrure. "Non ce n'était pas les Vournirs. Mais un passage. Un entre-monde. Là où les âmes attendent leurs êtres chers, en silence, en paix… en patientant que les portes de l'autre monde s'ouvrent à nouveau pour les accueillir."

Il se tourna de nouveau vers elle. Son regard semblait avoir traversé mille soleils, mille guerres, mille deuils. "Ce n'est pas tout le monde qui peut s'y rendre. Il faut être invité. Il faut qu'un lien soit plus fort que le temps. Plus fort que la mort. Et cette nuit, Tamira… tu as franchi ce seuil pour une raison très particulière." Il marqua une pause, comme pour choisir ses mots avec soin. "Tes parents avaient un secret à te partager."

Tamira sentit une larme rouler sur sa joue, mais elle ne l'essuya pas. "Ils ne m'ont rien révélé… du moins, je ne m'en souviens pas. Est-ce que je pourrai les revoir ?" demanda-t-elle, presque comme une enfant.

Fléo Bleu pencha légèrement la tête. "Un jour, c'est certain. D'une façon ou d'une autre. Mais ce ne sera pas toi qui choisiras quand." Il marqua une brève pause, puis ajouta : "Quant à leur révélation… ce n'est peut-être pas encore le moment pour que tu t'en souviennes. Mais ça viendra. Crois-moi : le moment venu, tu t'en rappelleras."

Le Marchepied des Mordes

Après la bataille, il avait fallu ramasser les morts.

Firamire n'avait pas eu le luxe de s'effondrer. Il avait dirigé les blessés, ordonné les transports, donné des consignes, le visage fermé, le cœur éclaté sous l'armure. Il avait porté, avec les autres, les corps sans vie jusqu'à la salle des Joyaux, du moins les restes qu'ils avaient retrouvés, comme l'exigeait la coutume. Les aligner, les honorer, les nommer.

Son père fut le dernier déplacé, car tous avaient voulu l'apporter ensemble à la salle des Joyaux. Ducan avait été disposé tout près du centre, à l'écart des autres. C'était là, dans cette salle sacrée, lieu de naissance des dragons, que reposait un dragonnier avant sa dernière demeure. Et puis, il était ressorti.

Tamira était restée à l'intérieur.

Tandis que certains nettoyaient les sols, que des familles s'occupaient des leurs en silence, elle s'était chargée du corps de Ducan. Pas seule. Fiona l'avait accompagnée, fatiguée, digne, les gestes anciens coulés dans les mains. Elle tendait les linges, versait l'eau chaude, mais râlait par moment. Pas méchamment. Juste assez pour que la peine ait une voix.

"Vieux cabochon… t'étais pas censé partir comme ça." Elle frotta un peu trop fort. L'eau éclaboussa. Ses mains tremblaient. "Tu ne pouvais pas attendre encore un peu, hein? Juste un foutu jour de plus…"

Et aussitôt, elle se taisait, soufflait du nez, secouait la tête comme si elle se trouvait idiote, puis reprenait. Tamira ne disait rien. Elle comprenait. C'était dans ses veines à Fiona de râler. Elle l'avait toujours fait comme ça. Même pour dire adieu.

Le rituel s'était accompli dans un mélange de silences, de gestes tremblants et de reproches à demi-mot.

Tous les morts étaient connus, mais certains avaient été retrouvés méconnaissables, d'autres jamais réclamés. Pour ceux-là, des volontaires s'étaient avancés. Lucien, sans un mot, avait recouvert l'un d'eux de sa propre cape. Inconnu ou pas, ce corps méritait mieux que l'oubli. Il s'était mis à genoux, le dos droit, et avait lavé le cadavre comme s'il enterrait un frère. Peut-être que tous les membres de sa maison avaient péri dans les confrontations. Peut-être qu'il ne restait plus personne à pleurer sauf lui. Et qu'en nettoyant ce mort-là, il honorait tous les autres.

Firamire, lui, n'avait pas arrêté. Deux jours sans dormir, sans répit, à marcher, à donner des ordres, à porter des corps, à serrer les dents. Il avait tenu. Il fallait bien que quelqu'un tienne. Le travail et la privation de sommeil semblaient plus légers que de penser aux événements qui avaient fait de lui un orphelin.

Quand Tamira lui avait demandé s'il voulait entrer, s'il comptait assister au rituel pour leur parent, il avait secoué la tête. "Y a encore trop à faire", avait-il lâché, le regard fuyant, déjà ailleurs, là où personne ne posait de questions.

Mais c'était pas vrai. Ou du moins, pas complètement. La vérité, c'est qu'il ne pouvait pas. Pas maintenant. Pas comme ça. Il n'était pas prêt à voir son père allongé comme un homme déjà loin. Pas prêt à confronter ce vide qui lui tiraillait la poitrine. Alors il avait fui. À sa manière.

Il était resté dehors, à s'user les mains et le dos. Travailler, encore et encore. Jusqu'à ce que la lune s'empare une fois de plus du ciel. Une autre nuit. Comme si le deuil avait besoin d'un second manteau noir pour s'achever.

Il avait demandé un moment à Avalon. Rien de plus.

Le vieux dragon l'avait observé un instant sans un mot. Dans son regard, il n'y avait ni question, ni surprise. Juste cette fatigue ancienne, profonde, de ceux qui savent. Avalon connaissait le prix de la liberté. Il l'avait payé, à mainte reprise, dans la chair et le feu de ses pairs, et cette nuit-là, il avait perdu plus qu'un cavalier. Aujourd'hui on lui avait dérobé un frère. Un ami. Alors, il s'était contenté d'incliner la tête.

Et Firamire s'était éloigné. Sans but. Sans bruit. Il avait déambulé dans les couloirs, emprunté les marches, tourné aux intersections sans vraiment y penser. Fatigué. Épuisé. Il se déplaçait pour ne pas s'effondrer. Jusqu'à ce que ses pas le conduisent d'eux-mêmes devant la porte. Celle-là même restée ouverte depuis le départ précipité de son père. Comme une blessure qu'on n'avait pas eu le cœur de refermer.

Un courant d'air froid s'en échappait. La fenêtre devait être restée entrouverte, et le feu du foyer, lui aussi, était mort cette nuit-là. Il hésita un instant. Il prit son temps avant d'entrer, comme s'il attendait qu'une voix familière lui dise enfin de franchir le seuil.

Mais personne ne l'invita.

Aucun feu ne réchauffait la salle. Aucune bougie n'éclairait les murs. Le silence pesait, dense, comme une absence palpable.

Il entra dans la noirceur. Sans peine, il trouva le chandelier et l'alluma. Rien n'avait bougé. Dans un soupir, il avança vers la cheminée machinalement, paré à ranimer le brasier. Mais juste avant de ressortir, son regard fit le tour de la pièce.

Là où son père aurait dû être assis à travailler, il n'y avait plus personne. La chaise avait été laissée en retrait, figée dans la hâte, un livre qu'il n'avait jamais vu au paravent gisait sur le meuble à proximité. Il s'en approcha doucement, prêt à la remettre en place.

Il entendit presque la voix de son père lui souffler dans le silence : "Toute chose a sa place. Et tout doit retourner à sa place." Cette pensée le rassura. Comme si, en cet instant précis, le bureau lui murmurait. Où que son père, quelque part, lui parlait encore.

Cependant, au lieu de resituer la chaise… Firamire s'agenouilla là où les quatre pieds auraient dû reposer. Il ne la bougea pas. Il n'osa pas s'y asseoir non plus. La place semblait trop vaste. Trop lourde à combler. Comment aurait-il pu? Cette chaise appartenait à un être plus grand que lui. Un homme dont il portait le nom… mais pas encore la stature.

Son regard balaya la pièce, accrochant ici et là des fragments du décor, comme s'il cherchait un souvenir réconfortant. Une trace. Une empreinte de son père. Il finit par poser sa tempe contre son bras replié, lui-même appuyé sur le bord du bureau. L'autre main glissait lentement sur la couverture du livre puis sur le bois verni, une caresse discrète, presque machinale. La matière n'était pas chaude. Mais elle vibrait encore. Comme s'elle retenait quelque chose de vivant. Un souvenir figé, coincé sous la surface lisse. Ce bureau était plus qu'un meuble. C'était un trône déguisé.

Sur le mur, au-dessus de tout, le portrait de sa mère le regardait. Impassible. Insondable. Firamire inspira doucement, sans lever la tête. "Je suis arrivé trop tard", murmura-t-il. "Trop tard pour le sauver. Je suis désolé, je m'en veux tellement. Si seulement on était arrivé plus tôt…" Il n'y avait rien d'autre à dire. Le bureau n'allait pas répondre. Le portrait non plus.

Il ne bougeait plus. Juste son pouce, qui tournait sur le bois, encore et encore. Un tic. Un ancrage. Le meuble semblait solide… massif… Mais il avait perdu son cœur. Comme si, sans son père, il n'était plus qu'un décor. Vide. Trop vide. Un trône sans roi. Une berge qui n'avait plus son phare.

Le son régulier de son doigt sur le bois revenait à Firamire à l'image d'une fenêtre entrouverte sur son passé. Il pouvait presque l'entendre… la plume qui grattait le parchemin. Il était là, petit, debout de l'autre côté du bureau. La tête posée sur ses bras croisés, comme maintenant. Silencieux. Fasciné. Son père écrivait, concentré. Une main fluide, rapide, précise. Il notait des affaires importantes. Des choses d'adulte.

Il se souvenait de l'odeur de la cire fondue, des bougies consumées par les heures de travail. L'ambre chaud flottait dans l'air, mêlée à celle du vieux cuir et de l'encre séchée. C'était un parfum de savoir, de constance… de présence. Il retrouvait la main de son père aller de droite à gauche, danser sur les lignes. Et puis s'arrêter. Brusquement. Comme si un fil invisible s'était tendu entre eux.

Ducan avait détaché les yeux de son travail. Sans sourire, juste une expression qui trahissait son sérieux. Et il avait dit, simplement : "Qu'est-ce que t'attends pour venir me voir?"

Firamire avait soulevé un peu la tête et croisé le regard tendre de son papa, qui répéta : "Viens t'asseoir, mon grand."

Il n'avait pas hésité. Dans le souvenir, il se voyait courir, faire le tour du bureau qui, à l'époque, lui paraissait immense.

Ducan l'avait accueilli à bras ouverts et, après une étreinte chaleureuse, l'avait installé sur ses cuisses. Sans même s'en rendre compte, Firamire, dans le présent, s'était levé et s'était assis sur la chaise de son père. Ses mains agrippaient les accoudoirs, et il l'avait lentement avancée comme l'avait fait Ducan ce jour-là.

Son père avait écarté quelques papiers importants avant de déposer une feuille vierge devant eux. Puis, délicatement, il avait pris la main de son fils.

Firamire pouvait encore sentir la chaleur de cette paume sur son poignet. Il caressa affectueusement cet endroit du bout de ses doigts, comme pour raviver ce contact disparu.

Ducan avait ensuite guidé sa main au-dessus de la plume. "Prends-la doucement", avait-il dit.

Ils l'avaient ensemble conduite vers l'encrier. "Tu dois la plonger dans l'encre, mais pas plus loin que la moitié de la tête."

Et, en la ressortant, Ducan avait exercé une légère pression sur son poignet pour retirer l'excédent sur le rebord du pot.

Tout à coup, une larme, seule et tenace, termina sa course sur sa joue et s'écrasa délicatement sur son bras. Elle ne le sortit pas de ses souvenirs. Elle les alourdit. Il la regarda couler, sans réagir. Juste une goutte. Mais elle portait tout ce qu'il avait retenu.

Tout ce qu'il n'avait pas eu le temps de pleurer. Pas encore.

Ses paupières brûlaient. Sa nuque tiraillait. Le fauteuil craqua à peine sous son poids qui se relâchait. Le corps lâchait. Enfin. Deux jours sans sommeil, sans pause, sans droit d'exister pour lui-même. Il ne s'en rendit même pas compte. Sa tête bascula contre son bras, ses doigts toujours accrochés au bois.

Les derniers mots de son père flottaient encore, quelque part entre veille et rêve. Et Firamire s'endormit là. Dans cette chaise trop grande pour lui. Dans cette pièce qui ne résonnait plus que du silence.

À suivre…

www.Lios-art.com

Admin@lios-art.com

www.ingramcontent.com/pod-product-compliance
Lightning Source LLC
Chambersburg PA
CBHW050405030726
47503CB00006B/2027